Luto, cansaços e dores

Luto, cansaços e dores
Mahana Cassiavilani

© Moinhos, 2021.
© Mahana Cassiavilani, 2021.

Edição: Camila Araujo & Nathan Matos
Assistente Editorial: Vitória Soares
Revisão: Ana Kércia Falconeri
Capa: Sergio Ricardo
Projeto Gráfico e Diagramação: Luís Otávio Ferreira

Nesta edição, respeitou-se o Novo Acordo Ortográfico da Língua Portuguesa.
Dados Internacionais de Catalogação na Publicação (CIP) de acordo com ISBD

C345l
Cassiavillani, Mahana
  Luto, cansaços e dores / Mahana Cassivillani. -
Belo Horizonte : Moinhos, 2021.
  112 p. ; 14cm x 21cm.
  Inclui índice.
  ISBN: 978-65-5681-084-3
  1. Literatura brasileira. 2. Contos. I. Título.
2021-2866   CDD 869.8992301   CDU 821.134.3(81)-34
Elaborado por Odilio Hilario Moreira Junior – CRB-8/9949

Todos os direitos desta edição reservados à Editora Moinhos
www.editoramoinhos.com.br
contato@editoramoinhos.com.br
Facebook.com/EditoraMoinhos
Twitter.com/EditoraMoinhos
Instagram.com/EditoraMoinhos

LUTO

9   Luto

11   O voo das borboletas

13   Confissão ou O voo das borboletas mais uma vez

15   Enquanto meu pai morria

CANSAÇOS

19   Sem acento

22   Queijos

24   Filhos do Vento

27   Mãe que cria

31   Feminismo branco de apartamento

34   Dicionário de RHês

37   Silssia

42   Princípios

45   Medicina

48   Até mesmo as pobres bitucas perdiam lugar

51   Meu herói

53   Thiago. Com TH.

56   Teoria do conto

60   A melhor idade

64   Um descanso

DORES

- 71 Carta a um analfabeto
- 76 Saliva, sêmen e sangue
- 78 Terra
- 79 A gorda
- 82 A casa da podridão
- 84 Amor
- 87 Indigesto
- 90 Resistência
- 95 Com sentimento
- 99 O que faz um farol
- 101 Difícil manter os olhos abertos
- 103 Sem título
- 105 Amor
- 108 Liberdade
- 110 Recusa

Luto

Luto

1.

Pedro gostava de imaginar. Herdara essa característica da mãe. Imaginava que o pai fosse o dono da marcenaria onde trabalhava. Sonhava que a mãe não era louca.

Cresceu contando histórias.

Quando começou a namorar, encontrou a pessoa perfeita para acreditar em suas imaginações. Ela nunca tinha comido lasanha, muito menos ido ao cinema. Ele a ajudava mostrando-lhe o mundo. Seu mundo. Muito mais colorido do que a cinza realidade.

Casaram-se depois de seis anos de histórias. No começo, eram felizes. Mas ela era terra. Fincada no chão. Cansava-se dos dizeres que custavam dinheiro, dificultavam a vida. Impediam a compra da casa.

As filhas nasceram, e Pedro achou novas formas de inventar. Elas adoravam. Um pai mágico. Inteligente, cheio de coisas incríveis para contar.

Mas elas também eram terra e decidiram partir ficando no mesmo lugar.

Três contra um.

Pedro tentava e tentava, mas não conseguia mais viver suas histórias, morrendo de falta de imaginações.

Um dia ele não mais aguentou, encontrou uma pessoa que também era céu. Que vivia de histórias ainda mais que ele. Contavam-se causos durante toda a noite, como duas crianças vendo estrelas.

E ele se foi.

2.

Tudo muda.

As duas mulheres juntam-se a se ajudar, unidas como irmãs de vidas antigas.

Filhas esquecem as mágoas e reaproximam-se com toda a força de uma criança.

Resta apenas o amor.

3.

Pai,
A morte é o silêncio.

4.

E ele se foi

O voo das borboletas

Ela não sabia. Era implacável. Não podia perdoar o pai por não ser Deus. A mãe não. Venerava-a e temia-a como um ser do velho testamento. Mas o pai era apenas um homem. Com defeitos.
Ela não entendia. Ela não o entendia.
Era uma cegueira de filha sem saber amar. Não era capaz de enxergar.
Quando ele não a defendeu perante a mãe, ela não compreendeu que ele também era filho.
Quando ele mentiu fingindo ser outro, ela compreendeu menos ainda. Sem saber que ele precisava. Precisava ser outro.
Sabia menos ainda que ele precisava conhecê-la e não sabia como. Era uma relação de não saber.
Quando ele invadiu seu mais precioso bem, desesperado na vontade de conhecer, ela entendeu menos ainda. E o odiou. Não queria mais ser filha.
E na completa falta de desamor de sua pequena, ele também desistiu de ser pai.
Era uma luta entre dois seres estranhos, desconectados, desconhecidos, desamados. E a mãe lá, onipresente, onipotente, sabendo tudo.
Foi assim por muito tempo.

Houve um momento em que ele, querendo ser pai, disse sim, mas ela, incapaz, disse não.

Graças ao Deus que o pai não era, as coisas podiam mudar. E mudaram.

E ela enxergou. Enxergou porque não aguentava mais ser cega. Porque precisava ver. Porque precisava dizer. Pai. Tudo começou devagar no início, como flor que não quer desabrochar. Com resistência, querendo continuar botão. Ela relutava, depois de tanto tempo, não sabia ser filha. E ele, depois de tanto tempo, não sabia ser pai.

A vivência desse momento levou milênios. E levariam outros mais se não fosse o invasor. Agressivo, impiedoso, implacável. Um tudo que se apoderou de tudo e foi tudo. Tomou conta de tudo.

E apodreceu. E o apodreceu.

Quando ela soube ser filha, ele foi rasgado, arrancado, jogado no nada.

Para sempre o silêncio.

E foi só quando ele se foi que ela pôde ser filha e dizer. Pai.

Confissão
ou O voo das borboletas mais uma vez

Não posso, não posso. Como dizer o que preciso? Você não pode saber. E tantas coisas que preciso tirar do peito. Deveria? Não. Eu não posso.

Se pudesse, diria que adultos são crianças e não sabem o que fazer. Como você. Por milênios, eu o via como o vilão e não entendia nada.

Agora que eu cresci, vejo que a idade é só um número. Eu não tenho respostas. Às vezes, eu não tenho perguntas.

Sou humana. Agora sei.

Sou criança, com problemas grandes que me fogem. Não posso dar o que não tenho. Você não podia dar o que não tinha, e eu o odiei por isso.

Agora entendo. Você fez o melhor. Foi pouco, mas foi tanto. Você tentou, e eu disse não.

Eu me lembro de quando era criança e você construiu um posto de gasolina para uma tarefa da escola. Foi a coisa mais linda que já vi, e eu queria ficar com ele para brincar com você, mas a escola achou o trabalho tão bom que o manteve para aulas com outros alunos. Sua eficiência me orgulhou e decepcionou.

Tantas coisas que eu quis esquecer. Tantos postos de gasolina que eu deixei para trás.

Foi muito fácil te culpar pelo estranhamento e pela distância que nos separou.

Mas agora eu sei que, sempre que realmente precisei, você estava lá... e eu... eu nunca fiz o mesmo.

Tudo o que consome minha mente é o que está acontecendo agora.

Você é tão forte, não mostra medo, está bem para nós. Nunca tinha acreditado nessa força que você tem. Pai, você é uma fortaleza.

Não posso acreditar que em pouco tempo você não vai estar mais comigo.

Não quero pensar nos seus defeitos. Na metade da vida que tenho, eu cometi o dobro dos seus erros.

Sou uma criança mimada porque sempre tive tudo que quis... e eu o odiei porque você não era perfeito. E você não era. Não era. Não é culpa sua. É minha. Você sempre tentou. Sempre tentou.

Espero que, nesses momentos terríveis, você perceba que eu percebi que te amo, muito e muito. Eu não sabia e digo essas palavras que saem com um soluço: Eu te amo. Eu te amo. Eu te amo.

E ele se foi.

Enquanto meu pai morria

As rodas giravam
As bicicletas andavam
Enquanto meu pai morria
As enfermeiras sorriam
Os médicos iam e vinham
Enquanto meu pai morria
As pessoas
Mijavam
Cagavam
Trepavam
Eu via
Enquanto meu pai morria

Cansaços

Sem acento

Livia sem acento no i se definia como nem magra nem gorda. Fazia pilates, yoga, natação e corria. Nada disso era suficiente para fazer a barriga desaparecer. Gostava de comer e gostava de beber. Via o exercício físico como algo que possibilitava que fizesse mais dessas duas coisas. Era seu único motivo para fazê-lo, dizia sem vergonha.

Sofria com a pressão da sociedade. Certa vez, tivera que ouvir de um morador de rua que apesar da barriga, ela dava um caldo. A sociedade era cruel com as nem magras nem gordas. Mas tudo bem. Porque Livia era feminista e, logo, compreendia os mecanismos de opressão imputados pela sociedade.

Tinha dificuldades para encontrar namorados. Sabia bem o que queria e não aceitava nada menos do que tudo o que merecia. Incentivava as amigas a fazer o mesmo.

Com frequência ia para a balada, às vezes beijava um ou outro rapaz. Geralmente a experiência era desagradável, mas melhor que nada. De vez em quando, sabia, era preciso ceder às necessidades do corpo. Pena que quase nunca ficava satisfeita. O mesmo ocorria com suas companheiras que, quando davam a sorte de não ouvir impropérios dos mais absurdos, precisavam se contentar com homens com bafo, que babavam demais e que não sabiam usar a língua. Isso para ficar apenas nas preliminares mais leves. Algumas das histórias de pré e pós coito trariam lágrimas aos olhos. E durante. Durante também.

Nos aplicativos, a história não era diferente. Uma autodeclarada feminista enfrenta agressões de todos os tipos. O número de homens que iniciavam uma conversa apenas para falar mal de feminismo ou contar sobre a vez que uma feminista fez isso e aquilo era altíssimo. Mais que zero, nesse caso, já seria inadmissível.

Os famosos esquerdomachos também não estavam em falta. Amor livre era sua expressão favorita. Muito conveniente, pensava Livia, mas apostava que tinham atitudes possessivas com namoradas e usavam a nova moda como desculpa para trair.

Não é que só pensasse em homens, é que de toda sua vida quase plena, esse era o tema mais delicado. Nos campos financeiro, profissional e intelectual não poderia estar melhor. Tinha muitos amigos, todos queridíssimos. Mas o campo amoroso, esse era um desastre.

Com frequência, ouvia que estava sozinha porque era incapaz de se contentar com pouco, o que seria uma grande qualidade. Concordava, achava que os homens não ofereciam às mulheres aquilo que elas merecem. Consequência da incrível e célere mudança nas disposições mentais femininas, a qual não encontrava correspondência no sexo oposto.

Também ouvia sempre que deveria tentar ser lésbica. Isso quem diziam eram suas amigas sapatas, as quais fazem a propaganda de sua orientação sempre que possível. Livia de novo concordava, seria muito mais fácil gostar de mulher. Adorava suas amigas, mas infelizmente gostava de pau. De homens, nem tanto, mas de pau, muito. Sua sina de sofrimento não poderia chegar ao fim.

Consciente das crueldades do mundo para com as mulheres, Livia sabia que tinha amigas em muito pior situação.

Simone era uma mulher incrível. Bonita, inteligente, engraçada, politizada. Mas gorda. Muito gorda, na opinião de Livia. Não que ela ligasse ou achasse que havia algo de errado com a amiga, mas sabia, ah, como sabia, que o mundo podia ser cruel com quem não se encontra nos padrões. A própria Livia não pertencia aos padrões, afinal era feminista, mas sabia que existiam foras e foras do padrão muito diferentes. Simone, além de feminista, era gorda. Com certeza sofria muito mais.

Saíam com frequência, conversavam muito sobre tudo. Podiam ficar horas juntas e o tempo voava. Um clichê das amizades verdadeiras. Por isso mesmo, Livia sentia a dor de Simone, que não se relacionava com ninguém e nunca mencionava o assunto. Era infeliz. Livia sabia. Queria ajudar a amiga e não sabia como. Ela não se abria em relação a esse assunto. Falava com tanta facilidade sobre as mais diversas temáticas, mas nesse quesito o silêncio era total. Quase como se relacionamentos não importassem, ou pior, não existissem.

Exultou ao ouvir a primeira abertura dada pela amiga em anos de convívio. Ela dissera que pessoas gordas sofriam preconceito e por isso era mais difícil se relacionar. Era tudo o que Livia precisava ouvir. Agora poderia ajudar a amiga.

Perspicaz, se lembrou de outra pessoa na mesma situação. Henrique era gordo, muito gordo, muito mais gordo que Simone. E não tinha autoestima, não se relacionava, era como se não quisesse ninguém.

Sem demoras, Livia disse que apresentaria os dois, que achava que se dariam bem, que poderiam construir um relacionamento verdadeiro. Exultava.

Não entendeu a cara que a amiga fez, mas, naquela noite, dormiu tranquila. Tinha feito uma boa ação.

Queijos

Comer queijos parece uma coisa muito chique. Queijos têm tipos, queijos têm especialidades, queijos têm até famílias e você aí não querendo falar com o seu pai. Queijos têm nomes impronunciáveis, como Gruyère e Tête-de-Moine (qual é a do acento pro lado errado? E de quem será esse tetê?). Queijos são tão finos que até dinheiro têm no nome, como o grana padano. Pff… Se você acha pouco, saiba que fica pior. Também tem as queijarias. Queijaria é uma coisa mais fina ainda. Quer mais? Queijaria artesanal. Mais um pouco? Queijaria artesanal na Vila Madalena. E é melhor nem falar dos vinhos, que dizem que casam bem. Que bom que alguém ainda casa bem nesses dias. Eu só comi queijos uma vez na vida e fiquei cheia de perebas na barriga e na… na… né?

Em casa tem mais é queijo mesmo. Muçarela que assim também tá certo. Tá lá no VOLP, pode ver. Antigamente, queijo sem "s" era também uma coisa fina, mas agora caiu na boca do povo. E na barriga, olha só. Eu mesma prefiro que cada vez menos coisas sejam finas, chiques e conversadas por gente que diz: "Maria Eduarda trouxe um vinho divino de Paris."

Então fico feliz que tenha queijo no rissole da festa de aniversário, que derrete no pratinho de plástico e depois endurece e a gente nunca mais consegue tirar. Mas, se eu tivesse que dizer só uma coisa sobre o queijo, escolheria dizer que ele é pior do que espaguete. Porque espaguete não tem fim, aquele fio parece que dura pra sempre, como o queijo que comi no aniversário da minha tia, no derretido do pratinho de plástico. Peguei tudo e enfiei na boca antes que ele pudesse endurecer. Um queijo derretido é todo um só, não importa quão grande ele seja.

Sabe aquela coisa enorme que desce pela sua garganta? Estava eu sentindo aquela coisa gosmenta e gordurosa descendo devagar quando um algo fininho e áspero me incomodou. Mexi com a língua pra cá, pra lá, sem saber bem o que estava acontecendo e sentindo só o queijo lá no fundo, subindo e descendo um pouquinho, fazendo uma coceirinha lá atrás, muito embaixo da campainha. Foi então que percebi uma coisa grudada no meu queixo. Foi difícil puxar com a mão toda engordurada, mas, depois de tentar muito, peguei o danadinho.

Era um fio de cabelo. Meu cabelo sempre foi fino, por isso fiquei surpresa de ele ser tão forte. Eu puxava, e o queijo vinha. Minha mão escorregava, e o queijo ia. Sabe que até gostei da sensação? Eram umas cócegas gostosas, como quando você tá resfriado e fica tentando enfiar a mão dentro da orelha pra parar com aquilo tudo – só que bom. O vai e volta durou um bom tempo. Quando o queijo passou bem na curva da garganta, eu quase não consegui respirar, mas também foi a hora com a sensação mais diferente. Quando ele passou bem no sininho, senti o gorfo querendo chegar no queijo, mas ele não alcançou. Puxei tudo só pelo cabelo e fiquei olhando aquele amarelo enorme e ainda derretido pendurado por um fiozinho quase invisível.

Olhei, olhei e não tive dúvidas. Tirei o cabelo e enfiei o resto na boca. Ah... queijo sem "s". Delícia.

Filhos do Vento

Quando tudo está perdido, os ciganos olham para o céu. Lily ouvia as palavras proferidas pelo sábio Miguel como se cada uma delas pudessem salvar a sua vida. Talvez pudessem.

Não era um cigano comum e não gostava de falar de si, mas, do pouco que sabia, Lily apreendia ancestralidades. Miguel também havia sido treinado como mago, no entanto preferia surgir sob o símbolo do povo nômade porque gostava de se sentir mais próximo das pessoas.

Sua cor era o roxo.

Lily gostava de Miguel e gostaria que Miguel gostasse dela. Todas as terças conversavam. Atendimento, era o nome dado na instituição. Já fazia algum tempo e o progresso era lento. Coisas da mente e do espírito, que Lily, em seus delírios de culpa, não podia compreender.

O cigano Miguel a incentivava a viver, a não desejar a morte e, principalmente, a não morrer em vida. O culto ao amor, às festas e o otimismo resiliente face a todas as dificuldades são característicos da linha dos ciganos e, por isso mesmo, Lily fora direcionada a ela.

Frequentemente recebia ofertas de vinho, frutas e sugestões em relação ao modo de encarar a vida. Aceitava de bom grado o vinho, as frutas; e as sugestões em relação ao modo de encarar a vida ficavam para uma próxima.

Mas não seria possível que tantas ondas de energia espiritual, tantas velas, tantos momentos em cômodos preparados não surtissem efeito. Falava com Miguel, finalmente, sobre a vida, parte dela, que podia ou não ser boa e decerto era negligenciada.

Era o amigo de um ex por quem muito sofrera. À pessoa que questionara por que aqueles homens seriam amigos se realmente fossem tão diferentes, nada dissera. A Miguel, falara sobre conversas e momentos agradáveis de acolhimento. Tudo o que ela sempre desejara, mas nunca obtivera.

Miguel, em sua sabedoria, falara sobre a vida, sobre a importância de buscar aquilo que nos faz bem e sobre muitas coisas belas e poéticas que Lily não saberia reproduzir. A ela, o cigano entregou duas maçãs, dizendo apenas e enigmático que as frutas são perecíveis.

Assim que saiu da instituição, Lily enviou uma mensagem ao amigo do ex dizendo que precisava dar a ele uma coisa e que precisava ser o mais rápido possível. O homem, que costumava demorar para responder mensagens, dessa vez não o fez e no mesmo instante marcou o encontro para o dia seguinte.

Lily preparara-se para fazer o necessário assim que estivessem no carro, pensou que não conteria a ansiedade, mas o medo foi maior. Quando chegaram ao restaurante, o amigo do ex perguntou o que ela precisava tanto dar. Lily respondeu que teria vergonha de fazer aquilo no restaurante, que seria melhor resolver tudo depois do jantar. Ele concordou. Saíram do italiano já de madrugada, a noite havia sido muito agradável apesar do garçom que ria dos dois como se fossem crianças.

Quando ele estava pronto para deixá-la na porta de casa, a tensão crescia e não havia mais desculpas. Lily precisava vencer o medo e partir para a ação, não havia mais como fugir. Era chegada a hora.

Contendo o tremor do nervosismo nas mãos, quase imóvel, sem coragem de olhar para os lados, entregou a maçã. Não conseguiu dizer nada. O amigo do ex começou a comê-la imediatamente. Disse que era seu tipo de maçã preferido, que, se fosse ao mercado, era exatamente aquele tipo de maçã que escolheria comprar, disse ainda que estava crocante, na consistência certa, e com o exato equilíbrio entre doce e azedo. Comeu até o caroço. Perguntou se ela não comeria a dela e perguntou qual era mesmo a história das frutas.

Lily mordeu a sua já um pouco murcha e disse, ganhei de um cigano na Umbanda, mas juro que não a esfreguei nas minhas calcinhas.

Ele riu desconfortável, enrubescendo. Lily pensou que ele não conseguia olhar para ela.

Saiu do carro e entrou em casa também sem conseguir olhar para si mesma.

Jogou o resto da maçã fora. Nunca fora sua fruta preferida.

Não se viram novamente.

Viver, nunca mais.

Mãe que cria

A mãe de Malu a pegou com drogas, veja só, maconha, meu Deus, onde é que esse mundo vai parar. Por sorte, a menina tinha apenas quatorze anos e ainda podia ser salva apesar de suas origens peculiares.

Malu havia sido fruto de um adultério, e sua mãe, porque mãe é aquela que cria, não aquela que abandona, a acolhera mesmo sabendo de sua raiz problemática. O casamento se manteve, o caso aparentemente terminou.

A mãe de Malu suspeitava que aquela que a abandonara era uma prostituta. Não agora, bem, talvez agora, mas na época principalmente. Com 15 anos já era prostituta, por isso a mãe de Malu se preocupava, porque a adolescente estava chegando na idade da perdição, e genética é uma coisa com a qual não se brinca. Era preciso fazer algo.

Foi internada em uma clínica de reabilitação em Piratininga, no interior de São Paulo. A família não a visitava porque a distância era um inconveniente, e as despesas da viagem somadas à mensalidade da clínica eram pesadas. Além disso, e, mais importante, a visita fazia mal à Malu, que chorava, ficava manhosa, não queria se levantar da cama e suplicava para voltar para casa. Dizia até que estava com saudades da escola, a malandrinha. A família, preocupada com a recuperação da menina, cuidava para não a atrapalhar.

O problema todo foi que um promotor desses de justiça se atentou para o fato de que Malu estava na clínica já há um ano e meio e isso constituía abandono de escola. Uma coisa que alguém inventou para que outra pessoa fosse responsável; pessoa a qual deixou a cargo de outrem, que passou a fiscalizar os responsáveis legais, no caso, os pais. Ou melhor dizendo, a mãe que criou, não que a abandonou. O pai não vai aparecer na história; muitos não aparecem.

O promotor de justiça era uma daquelas exceções que não acreditamos existir e que surpreendentemente fazem seu trabalho. Descobriu Malu na clínica de reabilitação em Piratininga. Descobriu que a menina estava lá há um ano e meio e que, devido a seus vários problemas de drogadição e de inserção social, era fortemente medicada, o que a deixava tranquila e menos combativa. Nem pela família, que não a visitava há seis meses, ela perguntava mais. O promotor também descobriu que Malu havia sido abusada por um dos funcionários da clínica de reabilitação. Para algumas pessoas, abusada seria um eufemismo de estuprada. Para outras, entre elas a mãe de Malu, abusada era um exagero para relações sexuais.

Porque ela amava muito sua filha, Deus sabia. Amava-a muito e, como toda mãe, conhecia o que tinha em casa. Sabia, com todo o seu amor, que Malu não era boa coisa, tinha o mal na semente, e já vira como ela se comportava na frente dos homens. Vira com aqueles olhos perspicazes de mãe preocupada que faria tudo por amor, inclusive aceitar a verdade da natureza da filha.

Disse tudo isso quando foi questionada pelo promotor sobre por que havia deixado uma adolescente dopada por um ano e meio em uma clínica de reabilitação no interior de São Paulo, mesmo após o fato do abuso. O promotor disse ainda que Malu era menor de idade e que não tinha nenhuma culpa em relação ao ocorrido. O responsável era o funcionário da clínica que, além de maior de idade, estava em situação de poder, pois cuidava de uma criança em situação de vulnerabilidade ou qualquer coisa assim.

A mãe de Malu se explicou, disse que amava sim e muito a filha, mas que não podia negar o tratamento que a menina dava aos homens, disse que via, presenciava e que não havia possibilidade nenhuma de o funcionário ter tido qualquer culpa, porque homens são assim. Uma questão de natureza.

O promotor também disse que não era possível deixar uma adolescente sem estudar por um ano e meio, que aquilo a prejudicaria demasiado em toda a sua vida futura. Mas a mãe sempre diligente respondia que tudo o que havia feito era pelo bem da filha, por amor. Era na escola que estavam as drogas, as más companhias. A família até tentou mudar a adolescente de instituição, mas não adiantou. A menina juntou os desviados de uma com os desviados da outra. Foi assim que a mãe de Malu descobriu e, no caso, confirmou, que a origem da discórdia estava na própria filha. Era a semente. E, no interesse de salvar a família e a própria menina, mandou-a para longe, onde ocorreu toda a história. Nada mais justo. Era certo. Tinha fé de que tudo o que havia feito, havia feito no amor.

E, conhecendo todos esses fatos, o promotor desses de justiça que, surpreendentemente fazia seu trabalho, precisava convencer Malu e sua mãe de que elas se amavam e de que estariam melhores juntas, porque é assim que famílias devem ser.

O promotor de justiça conhecia muito bem os abrigos e as casas de acolhimento com todos os seus nomes de eufemismo. Por isso ele tentava convencê-las com as palavras que dizia e com os ouvidos que fingiam para si mesmo acreditar no que ouviam, porque só assim poderiam continuar. E ele continuava e convencia. Ele as convencia de que se amavam, de que estariam melhores juntas, de que famílias são boas e nos fazem bem. Ele talvez as convencesse e talvez convencesse a si mesmo, porque era muito bom, mas não tinha certeza.

    A gente nunca tem.

Feminismo branco de apartamento

Mari é uma feminista branca de apartamento. Além da questão da mulher, outras lutas a inquietam. Racismo, homofobia – de transfobia nunca ouviu falar –, desigualdade e pobreza estão entre suas preocupações. É desconstruída.

De tudo isso, o que mais a perturba são seus próprios problemas. Vestidos de feminismo branco de apartamento. Em bairro nobre.

Não é má pessoa. Afinal, quanto é realmente possível estar no outro?

Sabe que é difícil ser mulher. Em apenas um dia de trabalho, tanta coisa acontece.

Segunda-feira, por exemplo.

Mari sentiu-se mal durante o almoço, pois, ao entrar em um recinto comercial, como acontece às vezes, supôs que uma pessoa negra parada ali fosse funcionária do local. Sentiu-se mal, mas se perdoou. Sabe que é difícil supor que pessoa de tal cor e em tal recinto seja algo além de funcionária. É fruto da sociedade racista e extremamente desigual em que vivemos.

No mesmo dia, em conversa corriqueira perto da máquina de café, indignou-se ao ouvir que na empresa não havia negros. Não ficou surpresa com o preconceito das pessoas, a isso já estava acostumada, mas se indignou com a invisibilidade estrutural que os negros enfrentam em nossa sociedade, afinal a faxineira, a copeira e diversos membros do call center eram, sim, de pele escura e, apesar de, enquanto pessoa consciente, perceber que estes não são cargos de chefia, sabe também que trabalhar em uma grande empresa já é um grande passo para sair das margens.

Mari sabia que tinha muito a aprender, mas não se deixava levar. Era uma pessoa equilibrada e, ainda na fatídica segunda-feira, ao ouvir que não havia pessoas de cabelos cacheados na empresa, revoltou-se e disse que usava chapinha, sim, porque acreditava que, dessa forma, ficava mais bela e não havia problemas nisso. Para uma mulher, é importante se colocar. Além disso, feminismo é liberdade, sempre soube.

Às vezes, tinha dificuldade para entender as pessoas. Não compreendia por que sua secretária do lar ainda mandava mensagens perguntando se podia pegar algo da geladeira. É claro que podia, ela já havia dito mil vezes.

Questões como essas povoavam sua mente, pois sabia quanto era difícil ser mulher nesse mundo. Hipersexualizada, opiniões desvalorizadas, preterida em promoções, temendo andar nas ruas, no metrô. Sentia profundamente a dor de ser mulher. Por vezes, chegava a pensar que...

Mas não se deixava radicalizar pelo medo. Entendia o poder que o medo tem de nos levar a extremos. Era uma agressão sem tamanho dizer a uma criança com câncer, uma criança, veja só, que ela não poderia usar um turbante. E turbantes nem são exclusividade da cultura africana. Mari tinha conhecimento desse dado porque estudava. Era importante.

Procurava se inteirar de assuntos feministas e apoiá-los. Adorava Jout Jout e já tinha perdido a conta das vezes que assistira Survivor, de Clarice Falcão. Gostava muito mais do que a versão de Beyoncé. Sabia quanto era importante para as mulheres se colocarem e quase não perdoava as que não o faziam.

Havia sido um dia difícil, cheio de lembranças de opressão cotidiana. Era o seu ser mulher. Voltou para casa exausta depois de tantas discussões. Pôs o lixo para fora. Maria o deixara na porta da sala, mas decidiu não falar nada, era só um lapso, e Maria era uma boa pessoa. Não se importou de descer até o térreo, caminhar até a lixeira, voltar pelo longo caminho e subir novamente. Era uma boa pessoa também.

Tudo bem.

Entrou em casa. Atrás de si, fechou a porta e seguiu com seu feminismo. Branco. De apartamento.

Dicionário de RHês

Na empresa jovem e meritocrática, o setor de gente e gestão capacitava líderes por meio de training labs com muito conteúdo dinâmico e inovador.

O facilitador, decididamente orientado a pessoas, apresentava cases de sucesso de empresas, as quais seus escolhidos – sim, ele havia feito um assessment e selecionado apenas os novos líderes mais promissores – deveriam conhecer. Seu sonho era ficar rico. Como um CEO.

O novo líder número 1 era uma mulher. Ela era irmã do sócio que era amigo de infância de um dos três donos. Não se sabe ao certo o que ela fazia na Empresa.

O novo líder número 2 era irmão mais novo da jovem esposa de um dos donos não tão jovens da Empresa. O que ele fazia era enviar e-mails para clientes com os equivocados títulos dfajsfdlk e l;kjdla;kd e assediar estagiárias.

O novo líder número 3 era o gabaritado filho de uma jornalista de sucesso. Ele era amigo pessoal de um dos donos. Conheceram-se em um curso na Universidade de Columbia. Para realizá-lo, era necessário preencher pelo menos um de dois requisitos: a) Trabalhar na área em questão. b) Ter um patrimônio de 20 milhões de dólares. Ambos possuíam as duas características.

O novo líder número 4 também era uma mulher. Ela era a ex-melhor amiga de uma das mais novas sócias e trabalhava com afinco desde há seis meses, quando recebera a oferta de emprego e ainda era a atual melhor amiga da referida sócia. Nunca deixava de se esforçar, mesmo não concordando com as políticas de apadrinhamento da Empresa. Apesar de, infelizmente, só ter recebido dois aumentos e uma promoção em todos os seis meses de trabalho intenso, mantinha-se firme em suas convicções.

No training lab de liderança em que os quatro novos líderes foram treinados, o facilitador fez questão de adotar uma abordagem inovadora em que apresentava muitos cases de sucesso para mostrar a importância de se estar 200% ávido por desenvolvimento. Ele usou diversas ferramentas para imprimir no DNA da Empresa jovem e meritocrática a ideia de que líderes, além da óbvia excelência técnica que todos apresentavam, precisavam ter muitas outras características. A mais importante delas era saber liderar. Com liderança.

Os novos líderes carregariam o bastão da cultura forte e consolidada da Empresa, assim, os colaboradores que viessem depois saberiam que aquele era um lugar para os que tinham garra. Um lugar de gente que faz. O facilitador pensava. Aquela era a identidade de marca. O fantástico mundo do branding interno.

A finalização dos cases de sucesso do training lab escolhida pelo facilitador orientado a pessoas foi o Uber. Segundo ele, o Uber definitivamente é um case de sucesso. Não, não é pela ausência de direitos trabalhistas. Também não é pelas diversas acusações de assédio sexual. O motivo do sucesso da empresa era entender o mercado. Pelo mercado. Para o mercado. Com o mercado.

O facilitador acreditava que o training lab havia sido um sucesso. Porque ele era orientado a pessoas. E sabia que tanto o follow-up quanto o feedback seriam positivos. Realmente, ele era alguém com muitos insights sobre como realizar workshops. Uma questão de know-how. Não poderia ser diferente, afinal, ele fizera MBA justamente para isso. Porque, como dissera, se não houvesse contato com gente, e era por isso que ele escolhera a área de gente e gestão, não servia para ele.

O que ele não dissera, mas lhe trazia enorme prazer, era perceber-se quase no lugar de novo líder. Ele sabia e, mais que saber, sentia, que trabalhava em uma empresa jovem e meritocrática, com muitas oportunidades de crescimento para aqueles que pudessem se destacar.

E, se havia algo que ele sabia, era se destacar, já realizava até sessões de mentoring. Abrira mão da lua de mel para não perder uma sequer. E fizera questão de deixar isso claro. Sabia que seu esforço não seria em vão. Estava prestes a se tornar parte do time de gestores dali porque sua performance o capacitava para tanto.

Tinha certeza. Por isso, sabia o que aconteceria quando foi chamado para uma reunião de reestruturação da área. Todo o seu empenho e sua habilidade de exteriorizá-lo seriam recompensados.

Não é surpresa que tenha apreendido tão poucas palavras daquele momento. A chegada de um novo colaborador. Muita expectativa. Muitos jobs. Um grande player. Para ele, nada mudaria. Processo de transição. Boas-vindas. Sim, filho da Márcia.

Não, não era possível. Não podia acreditar no que ouvia. Não conseguia acreditar. O novo líder número 5 era o novo vizinho do sócio que tinha feito faculdade com um dos donos.

Silssia

Cássia e Sílvia moravam juntas há seis anos. Conheciam-se há cinco e meio e compartilhavam tudo, cursos, interesses, raivas, só não o Facebook porque tinham vergonha, mas como era natural, compartilhavam senhas. Dormiam juntas, comiam juntas, brigavam juntas, iam ao banheiro juntas. Até ler, liam juntas. O mesmo livro, o mesmo exemplar, juntinhas na cama, era um casamento feliz. Quando causavam uma pontinha de inveja nos amigos solteiros, todos sofrendo as agruras do amor, sentiam-se satisfeitas. Respeito, essa era a palavra-chave em qualquer relacionamento, Cássia gostava de dizer. Respeito era mais importante que qualquer coisa, mais importante que tesão, que conversa, até mais importante que amor, mas ela sabia que tinha tudo isso de sobra, claro.

Um dos passatempos preferidos do casal era contar os pormenores do início da relação. Os amigos sabiam das mentiras que as namoradas contavam uma a outra na tentativa de parecerem mais apetecíveis e misteriosas, sabiam também das tendinites do início de tudo, sabiam que Sílvia demorava para gozar, sabiam as cores de seu corpo, sabiam cada detalhe daquele amor tão grande.

Tinham tantas coisas para decidir com a compra do novo apartamento, Sílvia queria uma sala clássica, Cássia preferia um estilo mais moderno. O destino do terceiro quarto ainda estava em aberto. Problemas sérios fazem parte de todo relacionamento verdadeiro, por isso, quando o tempo permitia, gostavam de realizar longos almoços juntas, pois esse tipo de atividade é relaxante e mantém vivo o amor. Frequentavam o Bio Natural, um vegetariano que ficava na cidade vizinha. Iam aos domingos, dia em que a comida era preparada com especial carinho e dedicação.

Mudanças causam ansiedade e desconforto, era difícil lidar com a situação, por isso, quando Érica, ex de Cássia, começou a mandar mensagens pelo Facebook, Cássia se sentiu lisonjeada, com um rubor de faces há muito esquecido.

Assim começou, Cássia não retribuía os elogios mais perigosos, mas gostava de conversar com Érica, ela era uma pessoa inteligente, gostavam do mesmo tipo de filmes, de livros e de quadrinhos. Quadrinhos! Era tão bom ter alguém com quem conversar sobre isso. Além de tudo, Érica ocupara um lugar especial nas lembranças de Cássia, mesmo quando mal se conheciam, tinha sido uma fortaleza, amparando-a em seus piores momentos, momentos que Sílvia não podia nem imaginar, mesmo sabendo de toda a história. Cássia amava Sílvia, nunca a trairia, eram só conversas, mas não queria magoar a namorada, por isso apagava todas as conversas com Érica assim que terminavam, suprimindo a vontade de relê-las a posteriori.

Como tinha de ser, foi. Sílvia acabou lendo as conversas. E ela chorou. Sentiu-se traída, muito mais pela mentira do que pela conversa flertante. Discutiram a relação por semanas, perdoaram-se e Cássia jurou para Sílvia e para si mesma que nunca mais falaria com Érica.

E foi verdade, por meses Cássia ignorou as mensagens de Érica, mas a culpa era tanta. Érica era uma boa pessoa, estava num momento difícil. Ela havia passado dos limites, mas na verdade só precisava de alguém para conversar, o que ela queria mesmo era uma amiga. Estava solitária, perdida. Cássia se identificava com tal situação, fora Érica quem a ajudara num dos momentos mais difíceis de sua vida, como poderia recusar quando ela pedia tão pouco? Cássia sentia-se mal, não estava sendo justa com Sílvia e tinha uma dívida com Érica, de qualquer jeito faria alguém sofrer. Passou a ter muito mais cuidado na hora de eliminar seus rastros.

Após a descoberta, Sílvia andava desconfiada, irritadiça, procurando motivos para brigar, era muito cansativo. Cássia entendia que grande parte da culpa vinha de si mesma, mas era muito incômodo. Érica, por outro lado, era tão agradável, mesmo chorando, mesmo reclamando, mesmo falando de problemas. Cássia passou a reviver emoções esquecidas, o carinho por Érica era diferente do que sentia por Silvia. Sílvia era o amor de sua vida, não tinha dúvidas, mas Érica era tão mais delicada, mais sensível, sentia que a amiga a enxergava melhor, tornava tudo mais leve.

Cássia e Sílvia continuavam fazendo tudo juntas, eram incapazes de ficar separadas, ainda mais com os preparativos para o novo apartamento. Lembravam-se com pesar daquele Natal em que não puderam ficar juntas, foi a tarde do dia 24 e a manhã inteira do dia 25. Como é sofrida a vida dos amantes. Trabalhavam separadas, não podiam se ver durante o dia inteiro, trocavam mensagens sempre que possível, mas não era suficiente. Não gostariam de admitir, mas estavam em crise e a ideia de Érica parecia cada vez mais agradável e refrescante.

Aconteceu. Inevitável, inédito, mágico, cheio de culpa e alegria. Um beijo apenas, com sabor de impossível. Cássia não podia acreditar, Érica tinha um jeito todo dela, seu ritmo, sua textura, tudo tão diferente de Sílvia. Não teve coragem para mais nada, a culpa não deixou, mas o gosto delicado de Érica estava marcado em sua memória. Aquele gosto tão singelo e despretensioso tornou-se o motivo da tortura lancinante que viveu nas semanas seguintes. Toda a vez que olhava para Sílvia, sentia a dor que havia causado na namorada sem que esta soubesse e, massacrada pela culpa, afastava-a, tratando-a como acreditava que ela própria merecia ser tratada. Quando teve certeza do que precisaria fazer, o medo a consumiu.

Contou, disse tudo à Sílvia. Contou por amor e por egoísmo. Tremia de medo ante a possibilidade de perder a namorada. E quase perdeu. Foi um momento triste e dramático.

Não, elas não terminariam, mas Sílvia não sabia mais sorrir. Foram três dias de separação e duas semanas de tortura psicológica. Sílvia não queria se vingar, estava apenas triste, sem saber o que fazer, era isso o que doía mais em Cássia. Se o amor da sua vida pudesse devolver todo o mal que lhe tinha causado, seria muito mais fácil. Discutiam incessantemente sobre o ocorrido. Sílvia perguntava cada detalhe, como se quisesse se apropriar da experiência de Cássia e torná-la parte de si. Cada pergunta era um golpe, aquilo deixaria cicatrizes profundas nas duas, era uma tortura. Inevitável, mas uma tortura.

Sílvia sentia-se a pior pessoa do mundo. Amava Cássia, sabia que era amada. Não conseguia entender por que essa tragédia havia acontecido. Revivia cada uma de suas histórias com ela. Entrara em um círculo vicioso do qual não conseguia sair. Queria ser feliz com a namorada em sua casa nova, mas a dor de tudo a impedia de sonhar. Precisava por um fim nisso, resolveu confrontar a outra.

Encontrou-se com Érica em um parque perto de seu trabalho, não existia nenhuma possibilidade de Cássia as incomodar ali. Antes de chegar ao local combinado, Sílvia imaginou-se esfaqueando Érica, jogando um copo de água em Érica, gritando com Érica. Érica, Érica, Érica. Era só nisso que conseguia pensar.

Diante de Érica, ficou muda. Como expressar toda a dor que sentia? Como fazê-la entender? Queria reparação, impossível, mas queria. Não falou nada, Érica disse tudo. Pediu desculpas, sabendo-se indesculpável. Explicou tristezas, solidões. Falou longamente e Sílvia conseguia se enxergar em cada frase, cada modulação de voz, cada silêncio. Passaram a tarde inteira juntas, conversando. Sílvia não conseguia acompanhar as próprias emoções, soube apenas que, ao fim daquele encontro, viu-se beijando Érica. Ali, no meio da rua, como se fossem namoradas. Aconteceu. Inevitável, inédito, mágico, cheio de culpa e alegria. Um beijo apenas, com sabor de impossível. Sílvia ainda sentia-se traída, sabia que o vazio criado nunca seria preenchido, mas também entendia, conseguia enxergar, finalmente. Quando chegou à casa, contou, disse tudo à Cássia.

Contou por amor e por egoísmo. Tremia de medo ante a possibilidade de perder a namorada. E quase perdeu. Foi um momento triste e dramático. Foram três dias de separação e duas semanas de tortura psicológica. Nenhuma das duas sabia o que dizer, como resolver ou apenas melhorar a situação. Cássia resolveu falar com Érica, confrontá-la. Não entendia, Érica era uma pessoa tão doce, tão humana, por que se vingara dessa forma?

Conversaram e Érica tudo explicou e o coração de Cássia estava novamente em paz. Voltou para casa naquele dia e imediatamente contou à namorada. Sílvia entendeu, Cássia entendeu. Entendiam tudo, enxergavam o mundo agora de forma tridimensional. Tudo estava bem, tudo ficaria bem, tudo bem. O problema estava resolvido – o terceiro quarto da casa nova seria de Érica.

Princípios

Bia poderia ser o que quisesse, sua mãe dizia. Não durante a infância, mas na adolescência e nos primeiros anos da vida adulta.

Não era uma questão de ser mimada, Bia defendia, era de dar à filha o mundo e todas as oportunidades que ele oferecia. Como as boas mães fazem.

A lista era grande: bailarina, cantora, médica, astronauta e até mesmo dondoca. Todas apoiadas pela mãe. Mas Bia já sabia o que queria. Jornalismo. Achava tão bonito isso de dizer às pessoas o que é e o que não é.

Apesar de se sentir inclinada à cultura ou política, saiu-se muito bem em economia, onde está o dinheiro e muitos jargões e termos feitos para que as pessoas não entendam, os quais, Bia, que entendia, poderia explicar ao mundo.

Sua carreira foi razoavelmente bem-sucedida até que, a convite de uma de suas melhores amigas, foi trabalhar em uma empresa nova, de porte não muito grande e com muito, muito dinheiro.

Bia hesitou, a visão de mundo destoava de forma inconciliável com a sua. Todavia, a amiga, que era sócia e diretora, havia prometido que elas trabalhariam juntas e que a área em que ficariam seria como uma bolha de proteção.

Bia acreditaria?

Acreditou. O salário também era melhor, e a empresa nova oferecia perspectivas de crescimento que a antiga não poderia oferecer. Além disso, seria agradável a mudança de ter como chefe a amiga, que conhecia e na qual confiava. Almas afins, como diziam.

Bia impressionou-se com a nova empresa, a receptividade a novas ideias era proporcional à disponibilidade de gastar. Como havia crescido aquela empresa também a impressionava sobremaneira. E em tão pouco tempo. No entanto, duas coisas a incomodavam cada vez mais a cada dia que passava.

A amiga não parecia ser a pessoa que Bia conhecia e de que tanto gostava. Gostava tanto a ponto de apresentá-la a um antigo amigo da época da escola para que se casassem.

Claramente, a amizade era tanta que Bia se surpreendia com as atitudes da amiga, que defendia a empresa quando era indefensável, em casos de machismo, ingerência, incompetência e discordância da parte de Bia que viera de uma carreira em empresas grandes e consolidadas, nas quais tivera sempre a mesma função e não de uma empresa nova que crescera muito, muito mesmo e em tão pouco tempo que desperdiçava dinheiro com projetos que não eram bons, eram apenas idealizados pelos muitos irmãos, filhos e amigos de sócios e diretores que estavam lá apenas por isso, porque conheciam alguém com um cargo de chefia na empresa com muito, muito dinheiro.

Bia nada podia fazer nada a não ser ter longas conversas com a amiga, nas quais expunha seu ponto de vista e expressava como se sentia enganada, pois a promessa de uma bolha quentinha não havia sido cumprida.

Sentia-se enganada e nem os dois aumentos de salário que recebera, em menos de seis meses, acalmaram seu espírito questionador. Sentia como se a empresa quisesse comprá-la com quantias vultosas e isso a indignava, afinal, não concordava com o que ali via. Sentia-se traída pela amiga e sem lugar na empresa, visto que pensava diferente de todos.

Em todas as oportunidades que tinha, se colocava para a amiga, e as oportunidades eram muitas porque todos os dias um evento ocorria que a chocava, horrorizava, a fazia pensar como a empresa sobreviveria dessa maneira; afinal, eram tantas decisões erradas, impulsivas, absurdas, ofensivas. E Bia dizia. Dizia para a amiga, e é preciso dizer, nesse ponto, cogitava se era tão amiga assim, já que era impossível reconhecê-la, não a defendia, não fazia ao menos seu papel de chefe e, aparentemente, quando o assunto era a empresa, tinha opiniões sobremaneira opostas às que outrora professava.

Bia dizia, dizia e dizia. Era tudo o que podia fazer. Trabalhar muito, seu melhor e sempre contrariada e sempre informando a amiga de forma assertiva sua situação.

Quando foi sua vez de ouvir, ficou desconcertada. Ouviu que não sabia ouvir, que reclamava sem refletir, que agia de forma insubordinada, tudo de sua amiga tão doce, cuja dificuldade de entrar em conflito ela muito bem conhecia. Reagiu, rebateu, respondeu. Tinha argumentos a seu ver ponderados e irrefutáveis para cada frase da quem sabe outrora amiga.

Foi um dia triste. Não esperava aquelas palavras. Quem ela pensava que era? As palavras doeram fundo. Mas Bia sabia. Ela era a chefe e era preciso acatar. No meio da conversa, sentiu-se ameaçada. Seria possível que seu emprego estivesse em jogo? E a amizade?

Bia, que sempre ouvia que podia ser o que quisesse e que era conhecida por falar tudo o que pensava decidiu, com muita dificuldade, abaixar a cabeça. Parou de reclamar, de se colocar e, quando abordada, não discordava, às vezes sorria, às vezes, só chegava a esboçar uma expressão de anuência.

Passaram meses e um dia, Bia conseguiu o que queria. Uma grande promoção. E deixou todo seu eu para trás.

Medicina

A doutora Mônica e o doutor Luis são casados e moram juntos, trabalham juntos, tiram férias juntos e vivem juntos. Ela é dermatologista, ele é ortopedista. Todas as segundas, terças e quintas, atendem nos consultórios do prédio próprio de um convênio de qualidade mediana.

Ao se decidir pela Medicina, a dra. Mônica ficou feliz com as reações de seus conhecidos. Nossa, vamos ter mais uma doutora na família. Uau, a Mô vai ser médica. Miga vai passar umas receitinhas pra gente. Sabia que o caminho não seria fácil. Fez três anos de cursinho, mas acabou escolhendo uma escola particular sem muito renome. Não podia mais esperar, já havia perdido três anos. Já na faculdade, estudou muito, confiante de que o esforço valeria a pena. E que esforço. Estudar exigia demais da jovem Mônica. Com toda a correria e pressão para tirar notas, havia engordado cinco quilos e nunca conseguia fazer as unhas. Por mais que tivesse tentado, não conseguira manter o corpo e a aparência de seus 17 anos. Se a universitária soubesse como estaria depois de quase 20 anos de prática profissional, teria escolhido outra coisa. Passava o dia inteiro sentada e quando saía do hospital, não tinha ânimo para mais nada. Mais de dez quilos além do que gostaria, Mônica vivia de dieta, mas nada parecia adiantar. Nem tinha vontade de ir ao shopping, todas as roupas que experimentava, e experimentava muitas, evidenciavam a barriga protuberante, a celulite, as dobrinhas nas costas. Um horror. Via os olhos de seu marido em outras mulheres, no condomínio do prédio, na rua, no hospital.

Foi na faculdade que sua história se cruzou com a de Luis. Ele era dois anos mais novo. Assim que se formou do ensino médio, passou um ano viajando pela Europa. Logo depois, entrou na faculdade. Nada de cursinho, nada de tentar uma universidade pública. Seus pais podiam pagar por seus estudos, e Luis queria uma vida mais leve, sem grandes esforços.

Priscila era a garota mais bonita da turma. Mais que isso, era a garota mais bonita de toda a faculdade. Ela também era o objeto de desejo de Luis. Em uma das inúmeras festas a que frequentava, Luis, bêbado e corajoso, ajoelhara-se em frente à Priscila e a pedira em casamento. Sua resposta o humilhou. Nesse dia, ele e Mônica ficaram juntos pela primeira vez. Luis adorava contar essa história quando o casal estava entre amigos. Todos já a conheciam, mas ele a repetia com gosto, ignorando os apelos da mulher.

Luis ganhava um pouco mais do que Mônica, afinal ela escolhera dermatologia; ele, ortopedia. Ortopedistas eram muito mais necessários, ele via em seu dia a dia. É verdade que a carga horária era a mesma e ambos viviam com a agenda lotada mesmo com a orientação de que nenhuma consulta, em hipótese alguma, durasse mais de dez minutos, mas todos sabem que dermatologia é uma área menor, não há discussão nesse sentido.

Para Luis, apesar de não ganhar tanto quanto sabia merecer e de passar a vida por corredores de hospitais de qualidade duvidosa, tudo estava bem. As enfermeiras o respeitavam, o olhavam com admiração e até com desejo, arriscava dizer. O jaleco produzia uma atração que o agradava, e sua pele bronzeada, entrevista pela camisa aberta na altura do peito, desferia o golpe final.

A vida era boa, principalmente porque Luis, diferentemente da mulher, não internalizava nada. Ela vivia reclamando da burrice e da falta de caráter de pacientes que só estavam atrás de atestados e remédios. Ele, por outro lado, mal olhava os pacientes, receitava o que tinha que receitar e pronto. Não se incomodava. Vivia dizendo para a mulher: ligar pra essas pessoas pra quê? Mas ela não aprendia.

Luis era um bom médico, não tinha raiva de ninguém e às vezes fazia até mais do que sua especialidade pedia para o bem dos pacientes.

Até a hora do almoço havia atendido três pés quebrados, dois cotovelos e uma gorda.

A gorda havia entrado em seu consultório com o dedo da mão direita quebrado. Ele a observou e pediu um raio-X. Assim que obteve o resultado, ordenou que sua mão fosse enfaixada e entregou uma receita para a dor e uma dieta de 1200 calorias. Ela a devolveu, achando que o dr. Luis havia cometido um erro e ele, bom profissional que era, explicou que não, que a obesidade era um problema grave com consequências terríveis e por isso era imprescindível que ela emagrecesse. Terminada a consulta, o dr. Luis solicitou que a paciente voltasse em 30 dias para que ele desse uma olhada na fratura e disse que não esperava nada menos que um emagrecimento de cinco quilos.

No fim do dia, quando caminhavam até o estacionamento, o dr. Luis quis contar para a dra. Mônica sobre sua boa ação e sugerir que ela também aderisse a uma vida mais saudável, mas se esqueceu de tudo quando viu Cibele, a enfermeira do terceiro andar, entrar no elevador com seu rebolado bom.

Até mesmo as pobres bitucas perdiam lugar

Lembrava-se da primeira vez que colocara o objeto na boca. Silvia tinha 24 anos e era fumante desde os 12. Quer dizer, não fumante, fumante. Tinha vivido todo o processo de demonização do cigarro e era contra. Metade de sua vida no tabaco havia sido ilegal. Imaginava como seria fumar dentro de um avião ou no escritório, enquanto falava ao telefone. Adorava os anos 60. Sonhava que sua vida era como em Mad Men.

Apesar de não ter irmãos mais velhos, só convivia com quem tinha mais de 15 anos. Sua reputação de rebelde era impecável. Na primeira tragada, conseguiu segurar a tosse. Sentiu-se vitoriosa. Ninguém ali sabia que, na verdade, ninguém ali sabia tragar. Todos fingiam com graça. Adolescentes são mesmo adoráveis. Silvia, porém, tinha apenas 12 anos e não sabia que ninguém sabia. Também não havia pensado na possibilidade de fingir, ainda era muito ingênua. Comprou vários maços e se esforçou muito, tossiu muito e gastou muito até que aprendeu.

Quando aconteceu, ela, em um novo patamar, trocou de amigos. Sua vida brilhante estava apenas começando, mas nada mais evidente iria longe.

Infelizmente para Silvia, é impossível prever o imprevisível. Quem imaginaria o destino dos pobres maços na modernidade líquida?

Cigarros passaram a ter outro papel na sociedade. Deixaram de ser elegantes, tornaram-se fetiche de grupo. Havia os fumantes de bar. Homens e mulheres que falavam alto e viviam fedidos. Silvia não poderia se associar a eles. Havia os universitários de cursos de humanas, que não penteavam os cabelos e não cortavam as unhas dos pés. Silvia definitivamente não poderia se associar a eles. Havia os mais velhos. Credo. E seres desinteressantes aqui e ali.

O fato é que uma moça jovem, bonita, inteligente e bem-sucedida como Silvia não podia fumar. Uma moça jovem, bonita, inteligente e bem-sucedida como Silvia frequentava a academia, comia orgânico, adorava vídeos de bebês rindo e não fumava. Esse mundo não servia para Silvia que, com apenas 24 anos, entendia em cada fibra, a máxima: esse mundo está perdido.

Pobre Silvia, trabalhava na Berrini, usava salto e terninho, mas não podia fumar. Não como desejava. Sua vida de sonhos não tinha o colorido, o tempero, o detalhe que faz a diferença.

Fumava apenas no horário de almoço. Um cigarro. Mais nada. Contentava-se com, através da força do pensamento, transportar-se para uma época em que sua imagem com aquele objeto nas mãos seria a mais bela e invejável. Era quase bom.

Quase. Havia um problema. Uma geringonça comumente amarrada a árvores na calçada. Uma prisão de prata feita especialmente para cigarros. Odiava-a. Sentia-se diminuída. Traída. Abrira mão de tanto e ainda era obrigada a humilhar-se esfregando seu cigarro contra aquela monstruosidade.

Silvia perdia as forças. Era extenuante lutar contra o mundo. Perdia o brilho em meio a uma vida forçadamente quase livre de cigarros. Olhava bitucas perdidas pelo chão e se perguntava onde estariam seus donos, no que pensavam, o que sentiam. Mas não ali. Ali, até mesmo as pobres bitucas perdiam lugar. A Berrini estava cheia daqueles representantes do final dos tempos. E Silvia, diligente, jogava os resquícios de seus cigarros e os últimos suspiros de seus sonhos neles. Era revoltante, mas não sabia como resistir.

Numa quarta-feira comum, uma energia sobre-humana movimentou suas mãos. Quase sem perceber, jogara a bituca na calçada. Um gesto imponente de uma vida brilhante. Um pequeno gesto pode salvar vidas. Entendera pela primeira vez o significado da desobediência civil. Era uma mulher livre.

Meu herói

Ele é um menino assustado, nunca foi bom no futebol. Não o suficiente. Teve família, teve comida, teve amor, estudou, vai na igreja, tudo certo.

Não tem o que disseram.

Imagina quando vai ser o que devia, dirigir carros velozes, matar o bandido, salvar a mocinha, como nos filmes. Ele é o herói.

Queria arma, só pra se proteger. Não vai atirar, tem medo, só pra se defender. Bandido bom é bandido morto. Não pode deixar estuprador solto, assassino solto. Pena de morte, arma pro cidadão, não pro bandido. Ele não é mau, ele é o herói.

Fez tudo certo. Estudou. Trabalhou cedo, 20 anos, é justo ter carro. Vem vagabundo querendo roubar. Não tem nada contra negros, tem amigos, colegas de trabalho que são. Não é justo as cotas, ele estudou, se esforçou e o outro nem sabe ler e rouba vaga na faculdade. Viu a notícia do catador de papelão que passou no concurso. Ele não é preconceituoso, a escravidão já acabou faz tempo, ele não escravizou ninguém. Fez tudo certo e agora tem um emprego mais ou menos e o preto que entrou depois já ganha mais que ele. Não pode, ele é o herói. Estudou, se esforçou, entrou primeiro.

Ele faz tudo certo, respeita mulher, abre a porta do carro, não tem coragem de chegar. Quer casar, na igreja, tudo certo. Ele não é mau, ele é o herói. E vem as feministas dizendo que tá errado. Ele é contra estuprador, bandido bom, bandido morto, mas a mocinha fica com o bandido, não com ele que é o herói. Todas putas, menos pra ele.

Ele vai na igreja, quer casar. Casamento entre homem e mulher, tá na bíblia. Ele não leu. Aí vem os gays, se abraçando, se beijando, na rua. Casal, casados, não pode. Ele é o herói e os gays com o amor que era pra ser dele. Tá errado. Viu que eles querem legalizar a pedofilia, não pode. Ele é o herói, vai salvar as criancinhas.

Ele é o herói. Acreditou na mãe, acreditou no padre, acreditou no filme. Ele tá certo. Por que sua vida não dá certo? Não é como disseram. Ele tá certo. É o mundo. O mundo tá errado. São os negros vitimistas querendo roubar o lugar dele que estudou, se esforçou, fez tudo certo. São as feministas que fazem mulher não gostar mais de homem. São os gays roubando o amor que era pra ser dele. Ele é o herói, vai consertar, bandido bom, bandido morto.

Feliciano, Bolsonaro, de Carvalho. Eles tão certos. Falam certo. Têm seguidores, fazem sucesso. Ele vai copiar, São Paulo tem que separar. Ditadura, não gayzista. Feminazi não quer dar. Não pra ele. Lésbica peluda, tá errado, no filme pode. Negro vitimista rouba o lugar. Não vai deixar.

Ele fez tudo certo, o carro é dele, a mulher é dele, a igreja é dele, o emprego é dele. Ele é o herói.

Não vai deixar ninguém tirar o seu lugar.

Thiago. Com TH.

Bruno estava chateado. O mundo não andava legal. Na flor da idade, músico, poeta, feminista. E sem ninguém descolado com quem conversar. Michele, a estagiária tatuada em locais estratégicos, havia partido dessa pra uma melhor. Não, não. Ela só fora contratada por outra empresa. O pessoal da análise de crédito era muito coxinha. Bruno gostava de ser visto com eles, afinal, era um homem flexível, capaz de transitar com graça entre vários grupos. O problema era que eles não diziam nada que pudesse ser reproduzido. E também, Bruno sempre perdia na argumentação política.

No setor em que trabalhava, ninguém mais queria saber dele. Antes, fora capaz de manter uma amizade saudável com algumas pessoas, chegando até a ser admirado pelas mais ingênuas, mas a maldita reorganização do espaço físico da empresa estragara tudo.

Bruno, brilhante, bolara uma estratégia fantástica que sempre o fazia sorrir. A natureza de seu serviço pedia que ele transitasse pelos 10º e 11º andares. A liberdade de locomoção fazia com que nunca estivesse no mesmo andar em que o serviço a ser feito. Os outros funcionários, vendo sua expressão estafada, erroneamente tomavam o cansaço de uma noite em claro devido a partidas indispensáveis de videogame por cansaço devido a excesso de trabalho. Luana chegava até a fazer o serviço do rapaz, deixando o seu atrasado.

Quando os 10° e 11° andares haviam se tornado um só, Bruno notara que aqueles que até então considerava amigos eram pessoas ranzinzas, que só sabiam cuidar da vida dos outros e adoravam reclamar de quem não era um robô administrativo. Não era fácil ter que almoçar sozinho todos os dias, não ter ideias perspicazes para postar no Facebook, não ouvir sobre livros e filmes que nunca chegaria a entender, não ter companhia para tomar o terceiro café da tarde. Bruno sentia o peso da alienação na modernidade. É claro que sempre haveria as brunetes, como ele carinhosamente apelidara o harém de mulheres mais velhas que o idolatravam, achavam graça em suas grosserias, divertiam-se com seus cabelos desalinhados e tinham a reação certa quando ele resolvia ser diferente e desafiador, como naquela vez em que se deitou no meio do refeitório e todos acharam que ele estava doente, mas não. Estava tudo bem. Ele era apenas um espírito livre.

Os dias eram penosos e Bruno, universitário, libertário, proletário, igualitário, celibatário, unitário, necessário, arbitrário, itinerário e refratário não tinha viv'alma com quem se comunicar. Cada vez mais carrancudo, perdia o brio, o crio, o frio e o pavio. Estava a ponto de desistir, mas todos sabem que a bondade pertence aos bons e a beleza aos belos. Foi assim que, num dia por demais ordinário, Bruno conheceu Thiago. Com TH. Enfim, uma alma afim. Descobriram com olhos brilhantes estar matriculados na mesma universidade. Perfeito. Almoçavam juntos. Caminhavam juntos. Sorriam juntos.

A amizade é uma coisa linda. Bruno tinha uma mão cheia de ideias coletadas de mentes alheias e uma habilidade com o uso de trocadilhos coletados de sua própria com as quais poderia seduzir Thiago.

E seduziu. A lua de mel durou três meses, nos quais os novos amigos sentiam-se cada vez mais próximos. Grave problema para

Bruno que não podia deixar que ninguém, nem mesmo Thiago, descobrisse que suas inteligências eram sempre produzidas por outrem e, portanto, limitadas e que se encontravam perto do fim.

O medo tomou conta dele e Bruno começou a fugir. Thiago começou a perseguir. Bruno não queria ser pego, mas gostava da brincadeira. Thiago não sabia que estava brincando, ainda não percebera nada diferente.

O desfecho dessa história foi feliz.

Quando Thiago percebeu o que ocorria, sua sinceridade tocou Bruno como nenhuma outra e ele se mostrou. Inseguro, medroso e inferior. Thiago o acolheu e a amizade durou anos.

Ou Thiago o amou, os rapazes descobriram-se apaixonados e o romance durou anos.

Ou ainda, Thiago o desejou e Bruno se permitiu sentir. Descobriu-se gay, ou bi, ou apenas cheio de desejos por Thiago e viveu as delícias do sexo ou a beleza da carne, como gostava de escrever em seus poemas.

Todos esses desfechos são felizes. E bons. E gostaríamos que pudessem ser reais.

Mas, talvez, de verdade, Bruno tenha continuado a fugir, causando dor, e Thiago tenha dito um grande foda-se e tenha ido ser feliz com amigos que pudessem ser mesmo amigos.

Mas, talvez, Thiago tenha ficado triste e se esforçado para manter a amizade e feito o ego de Bruno inflar e ele se sentir grande e usar seu poder para pisar nos outros.

Mas, talvez, ainda, Thiago tenha sido vingativo e tenha humilhado Bruno, esfregando em sua cara aquilo que de fato era.

E é possível que a humilhação e o sofrimento tenham feito com que Bruno refletisse e resolvesse mudar.

E é possível que Bruno tenha, então, se tornado uma pessoa melhor, mais justa e honesta.

Tudo isso é possível, mas provavelmente não.

Teoria do conto

Gostava muito de histórias de amor, mesmo estando solteira há um bom tempo. Nazaré morava sozinha, quer dizer, morava sem outras pessoas. Era o único ser humano presente naquele apartamento cheio de gatos, periquitos, calopsitas e um cachorro chamado André. Ficavam todos soltos espalhados pelo sofá, cama, banheiro e cozinha. Viviam em harmonia, os gatos não tentavam comer os passarinhos e o cachorro aceitava tranquilamente a liderança dos felinos.

Com frequência entrava em salas de bate-papo destinada a mulheres que apreciavam homens carecas e saía decepcionada. Existem locais específicos na internet para pessoas que buscam apenas sexo. São maioria, aliás, com uma variedade impressionante de perversões. Todos os tipos de preferência encontram seu lugar, seus vários lugares na verdade, nessa imensidão que é a Internet. Não entendia por que os homens viviam perguntando o tamanho de seu sutiã, o modelo de sua calcinha e, finalmente, se ela se tocava enquanto conversavam. Não era isso o que procurava, queria alguém, uma pessoa, um ser humano.

Não perdia a esperança, orgulhava-se de seu otimismo. No trabalho, decorara a mesa com desenhos de corações, beijinhos e crianças fofas na iminência da descoberta do primeiro amor. Olhar aquelas imagens todos os dias a deixava mais feliz e ainda mais cheia de confiança de que o homem de sua vida a esperava com a mesma ânsia que a invadia todas as noites. Enquanto não se encontravam, passava seus dias a sonhar.

Todos veem o mundo por lentes específicas, cada um com a sua, todas iguais, humanas, mas ao mesmo tempo diferentes e únicas, Nazaré pensava. A sua, com certeza, havia sido feita em formato de coração, sabia que nascera para o amor. Tinha o talento de enxergá-lo nos locais os mais improváveis e era feliz. Adorava comédias românticas.

No escritório, era capaz de identificar aqueles que se tornariam casais e, dentre os que haviam terminado, imaginava quais resolveriam seus problemas e voltariam a encher o mundo do sentimento mais nobre de todos.

O mais recente alvo de suas fantasias era um jovem casal. A moça era nova na empresa, e o rapaz construíra um recente relacionamento de coleguismo com Nazaré. Ela sempre via os dois saindo juntos para almoçar e tomar um cafezinho à tarde. Era comum ver Cecília acompanhando Lucas em suas andanças pelo prédio. Ao ver a dupla, Nazaré precisava se sentar tamanha euforia. Há uma semana havia decifrado o estado civil dos dois, estava apenas juntando forças para a confirmação de suas certezas. Quando a força faltava, analisava possibilidades. Tinha algumas teorias.

A primeira e mais plausível era a de que Cecília e Lucas haviam de fato começado um namoro há certo tempo, mas não muito. Prudentes, decidiram-se por não contar para ninguém. Nazaré concordava com tal atitude, pois sabia como as pessoas sentiam inveja da felicidade alheia, principalmente quando essa felicidade provinha de uma linda história de amor. Além disso, o eclodir da paixão é uma época tão mágica, única e especial que é justo que o casal queira preservá-la. Formavam um belo par, sempre juntos, sorrindo, conversando.

Só podia ser amor. Com certeza, ele não tomara a iniciativa, Nazaré sabia que homens tímidos, quando tomados de forma tão arrebatadora por um sentimento desses, ficam sem fala. Cecília dera o primeiro passo, mas não diretamente porque era uma moça discreta e cuidadosa.

Definitivamente dissera algo que encorajasse Lucas, algo como você realmente é uma pessoa especial, pode me dizer o que está pensando. Cecília dissera isso enquanto segurava a mão do rapaz, mas sem contato visual e completamente enrubescida. Não, isso não parecia bom.

Definitivamente Cecília dissera preciso te dizer algo, mas não sei como, o que Lucas prontamente entendeu, tomando-a em seus braços.

Não! Melhor, definitivamente Cecília vira Lucas conversando com Patrícia e ficara com ciúmes, sem dar escândalo, claro, mas incapaz de esconder, e Lucas, ao presenciar tal cena, invadido de alegria, não pôde se controlar e disse: você gosta de mim? Ao que a moça respondeu com um baixar de olhos e um sorriso tímido. Sim, fora desse jeito que o namoro começara. A partir de então foram felizes. Era notório como se davam bem, como conversavam sobre tudo; afinal, tinham os mesmos interesses, a mesma visão de mundo. Não, Nazaré nunca tinha interagido com os dois ao mesmo tempo, mas tudo isso estava estampado nos rostinhos apaixonados do casal.

A segunda teoria era de que nada disso havia acontecido, ninguém havia se declarado, ninguém namorava, ninguém escondia, mas o amor, sim, esse existia. Amavam-se em segredo, um com medo de se revelar ao outro. Como acontece com bons amigos, a possibilidade de prejudicar a amizade os assustava com a mesma força do desejo de se jogarem nos braços um do outro. A tensão entre os dois era evidente, mal se tocavam receosos de suas próprias reações. Nazaré não podia deixar que tal situação continuasse. Os dois apaixonados, os dois tímidos, aquilo era uma tortura. O amor precisava vencer, sua alma bondosa ansiava por ver o mundo cada vez mais cheio de corações, não podia ser diferente.

Criou coragem, foi difícil, mas se manteve forte e, na primeira oportunidade após a altruísta decisão, perguntou a Lucas e Cecília se estavam namorando. A resposta veio na forma de um silêncio revelador. Eles não se olhavam, Nazaré notou muito perspicaz e teve certeza de estar diante de um grande amor em seu mais lindo desabrochar. Sentiu-se feliz por ser parte daquela história. Ajudou o jovem casal tanto quanto pôde. Disse que formavam um par adorável, que os apoiava na empreitada e que seria motivo de grande alegria quando finalmente assumissem seus sentimentos. As expressões de Cecília e Lucas em resposta àquelas palavras deviam-se à euforia contida da paixão iminente, Nazaré tinha certeza, não existia nenhuma outra possibilidade.

Em casa, assistindo novela, Nazaré estava satisfeita por ter contribuído para mais um final feliz. Pouco antes de dormir, lembrou-se novamente de Lucas e Cecília e imaginou uma terceira história que envolvia dentes, roupas rasgadas e gemidos contidos em quartos escuros após o término do expediente. Esse tipo de coisa Nazaré só se permitia imaginar com as luzes apagadas. No dia seguinte, era tudo esquecido. A história que surgia na madrugada, essa não contava para ninguém, nem para si mesma, nem para os gatos ou passarinhos. Se bem que talvez o cachorro imaginasse o que acontecia naquela cama nas noites sem luar.

A melhor idade

Com 52 anos, Sérgio era normal. Baixinho, gordinho, careca. Não, careca não. Mantinha com orgulho alguns fios como uma coroa de louros guardando uma mente campeã. Agarrava-se aos pequenos e finos lembretes de uma juventude perdida com garras de quem não desiste da batalha até que esteja prostrado ao chão esvaindo-se em sangue.

Ele que valorizava acima de tudo os cada vez mais esparsos fios não entendia esses moços passando gel nos cabelos, deixando-os espetados, duros, esquisitos. Não entendia muitas coisas, jovens usando brincos, anéis, pulseiras. Que absurdo! Alegrava-se por só ter filhas, três. Fazia de tudo para educar bem suas meninas e sempre se viu próspero, satisfeito, orgulhoso até que não mais.

A mais nova namorava um rapaz com cabelos que chegavam até a cintura, de um loiro brilhante, todo ondulado. Quando vira Érica beijando o moço em frente à garagem, quase tivera seu terceiro infarto. Também, ao presenciar sua filha com outra garota, quem resistiria? Naquele momento sentiu como se nada mais fizesse sentido. Não fazia mesmo. Namorar um homem, "homem", com cabelo na cintura não era muito melhor e o rapaz ainda dizia que não gostava de trabalhar. Um vagabundo, achava que era artista. Vagabundo, isso sim! Érica tinha 19, Igor, 17 e ela passava todos os fins de semana na casa dele, dormindo no mesmo quarto. Onde já se viu? Uma moça dormindo no mesmo quarto que o namorado. Imagina o que a família dele pensava dela, Érica, e o que pensava dele, Sérgio. Com certeza viam-no como um pai relapso. Ele não sabia o que fazer, tentava conversar com a garota, mas ela somente o encarava com desdém, isso quando não decidia ignorá-lo e deixá-lo falando sozinho.

Eliana, a do meio, tinha 25 anos e era mãe solteira. Cristal tinha 8. Cristal, veja só que maldade dar esse nome à menina. Eliana fugira de casa com 16, voltando apenas quando mal conseguia andar tão grande a barriga. Em ambas as ocasiões, quando ela fugiu e quando voltou, Sérgio quase tivera seu segundo infarto. Agora fazia faculdade, o que poderia ser bom, mas escolhera um curso de arruaceiros, Ciências Sociais, nunca teria uma vida decente. Eliana morava em uma república para mães dentro da universidade e Cristal, crescendo em meio a vagabundos, também estava perdida. As duas, Eliana e Cristal, faziam tratamentos para deixar seus cabelos crespos. Afro, era o que diziam. Sérgio não entendia por que suas meninas queriam ser negras, nada contra, é claro, mulheres negras eram belas e voluptuosas, mas não era natural alterar a aparência dessa maneira.

Elisa sempre fora o xodó do papai. Lembrava-se do nascimento da primogênita com uma clareza e felicidade que não dispensava a nenhuma outra ocasião. Segurar aquele bebê rosado e cabeludo em seus braços havia sido o ponto alto de seu pouco mais que meio século de vida. Tinha planos para a filha, queria que fosse a mais bela, a mais inteligente, a mais feliz. E ela correspondia, era a primeira na escola, formou-se com um ano de antecedência, adorava vestir-se toda de rosa, com lacinhos encantadores, tudo perfeito. Após graduar-se em

Pedagogia aos 21 anos, casou-se com um rapaz decente. Pelo menos era o que parecia. Paulo tinha feito Administração, possuía um bom emprego. Com um corte de cabelo militar, era um provedor. A esperança de Sérgio restava nesse casal pacato, sem filhos infelizmente, mas de boa índole mesmo assim.

Sua longa vida parecia fazer parte de outra atmosfera, não eram só as filhas mais novas que o decepcionavam, era o estado do mundo. Trabalhava em uma repartição pública do sistema judiciário. Seu diretor era um rapazote de 34 anos que andava por aí de óculos escuros como se fosse um jovem Tarcísio Meira a todo o momento tirando a franja dos olhos num movimento arrogante de cabeça. Marcelo preocupava-se tanto com a aparência que não percebia o que se passava sob seu domínio. Aquele lugar estava infestado de pessoas despudoradas, principalmente as mulheres que falavam livremente sobre suas experiências mais íntimas. Sérgio ouvira de Marlene, uma mulher da sua idade, a história mais absurda já proferida entre aquelas paredes. Não, ela não tinha contado nada para ele, Sérgio apenas escutara tudo quando decidira fazer uma pausa. Gostava de sentar-se no banquinho ao lado da pequena geladeira, não era sua culpa se Marlene imaginara-se sozinha com a colega e falara livremente. Ele não emitiu um som; afinal gostava de tomar seu café em silêncio.

Marlene trocava de parceiros periodicamente, quase todos arrancados da internet. Vivia gabando-se de aventuras, como se elas a tornassem superior, Sérgio ouvia pedaços aqui e ali, mas nada tão ultrajante quanto o caso da tricofilia. Tricofilia, Sérgio pesquisara, era uma perversão que consistia em excitar-se com pelos, em particular os pubianos. Marlene estava saindo com um desses depravados e parara de se depilar por ele. Ela usava calcinhas de tamanho regular, nada de fio dental ou qualquer tipo de lingerie, com os pelos ganhando espaço em suas coxas roliças. Mas não, isso não era suficiente, Sérgio fora obrigado a ouvir mais. O depravado levara uma feliz Marlene a uma casa onde se reuniam outros depravados ávidos por pentelhos! O pior de tudo é que a casa ficava no mesmo bairro em que Sérgio residia com a família. Tudo perdido. O mundo todo errado. As pessoas sem valores, sem vergonha na cara, sem dignidade.

Ultrajante, nos jornais pais matando filhos ou pior, filhos matando pais. Só violência e pouca vergonha. Perdera duas de suas princesas para esse mundo triste e feio. Só restava Elisa, era o que pensava, por isso, quase teve seu quarto infarto quando viu a filha saindo com o marido daquela residência de tarados. Seu bebê naquele lugar de depravação. Desconsolado, voltou para casa em frangalhos, só não chorou porque era homem. Quando chegou, encontrou o cabeludo esperando Érica terminar a maquiagem, o rapaz percebeu sua consternação e perguntou o que havia se passado. Sérgio não era de ferro e acabou contando tudo, o mundo estava perdido, ninguém o respeitava, todos riam dele no trabalho, as filhas desencaminhadas, não sabia o que fazer. O moço riu e disse que aquilo poderia ser facilmente resolvido, Sérgio precisava de um novo look, mais moderno, assim as pessoas o deixariam em paz. Contou como seu pai havia resolvido tudo e entregou-lhe um cartão. Perucas Gislaine. Sérgio achou aquilo tudo ridículo, mas sua vida também andava ridícula, então resolveu tentar. Foi atendido por uma mocinha simpática com enormes unhas vermelhas. Experimentou tantos estilos de cabelo que até ficou um pouco tonto. Decidiu-se por uma peruca de PVC que cabia em seu orçamento e tinha um topete generoso. Vestiu-a e saiu da loja. Tinha esperança, quem sabe agora poderia voltar a fazer parte do mundo.

Um descanso

Lorena ouvira de vários médicos que seria quase impossível engravidar, mas isso não a impediria. Tinha certeza de que a culpa era do marido, Afrânio. Sentia todo o seu ser vibrar com a possibilidade de uma vida crescendo dentro de si e, por causa do material defeituoso de seu cônjuge, nada acontecia.

Após tentarem os tratamentos mais caros, fazerem sexo no exato horário e posição recomendados por dois anos e tentarem até a simpatia da cenoura, Lorena teve a certeza de suas suspeitas, Afrânio não servia para nada. Casara-se mais ou menos apaixonada, ele não era bonito, não era inteligente ou particularmente agradável, mas era rico, estável e mais ou menos carinhoso. Contraíram matrimônio seis meses após o primeiro encontro e Afrânio a mimava com todos os lugares comuns, mas um filho não, aquele inútil não poderia lhe dar. Só sabia ficar em frente à TV, comendo porcarias. Balas, salgadinhos, refrigerantes, biscoitos recheados de morango, chocolates com avelã, com castanhas, bombons de licor, de amarula, de doce de leite. Uma nojeira.

Lorena não era mulher de se lamentar, perseguia seus objetivos. Matriculou-se em uma academia, queria uma criança bonita e saudável. Após algumas semanas de observação, encontrou seu doador. Maxilar quadrado, ombros largos, dentes perfeitos e sorriso delicado. Burro, provavelmente, mas devido à urgência de sua necessidade, teve que se contentar.

Engravidou como deveria, não tinha sido feita para frustrações. Foi um parto difícil, mesmo que planejado, e Lorena teve que esperar mais do que gostaria as plásticas restauradoras de beleza e juventude. Chamou sua filha Anastácia, um nome tão grandioso quanto os planos que sonhava para seu bebê. Ao vê-la pela primeira vez, achou que tinha saído à família do pai, mas se acalmou, pois para tudo havia solução, pensou acariciando o nariz. As orelhas, os seios e o queixo. Lembrou-se de que precisava de uma sessão de botox.

Ainda no hospital, frustrava-se quando as visitas chamavam os pés e mãos de Anastácia de pãezinhos. Achava tudo aquilo de mau tom, já havia identificado o problema, olhava triste as dobras nos braços e pernas da filha, tão jovem e já defeituosa.

Assim que saiu, traçou um plano de ação. Lorena teria uma filha independente e autossuficiente, determinada e capaz como ela própria. Antes de completar um ano, Anastácia já tinha a agenda cheia. Fazia natação e participava de rodas de contação de história. Quando aprendeu a falar, Lorena arranjou a melhor escola de inglês para sua princesa. Aos quatro, a menina começou a estudar o francês. Uma mãe sempre quer e sabe o que é melhor para seus filhos, e Lorena não poupava esforços na construção da criança ideal. Mesmo assim, preocupava-se e indagava se além de feia, Anastácia seria também burra. A menina não ia bem nas aulas de matemática.

Aos oito anos, Anastácia era normal, e Lorena perdia noites de sono imaginando o que poderia ter feito de diferente. Ainda não criara o vínculo especial de que todos falam, mas tinha certeza de que, quando a menina se tornasse aquilo que nascera para ser, teria orgulho de chamá-la sua. Dobrou esforços e cursos para melhorá-la.

Ao encontrar uma colega de faculdade no shopping, viu-se apresentando Anastácia como Jéssica, filha da empregada. Gostou muito dos elogios que recebeu sobre seu bom coração, mas foi só em casa que entendeu a origem de tudo. Anastácia de fato era feia, isso Lorena há muito sabia, até fizera uma poupança especial para as plásticas da filha, mas o que agora percebia boquiaberta era que Anastácia, além de feia, era gorda. Gorda. Tinha uma filha gorda. Meu Deus, assustava-se ante tamanha provação.

Ter uma filha gorda era inadmissível. Marcou logo consultas com pediatras, endocrinologistas, nutricionistas e esteticistas. O primeiro médico tentou acalmá-la, dizendo que não havia nada de errado com a menina. Idiota, uma mãe sempre sabe e Lorena não se deu por vencida. Depois de alguma procura, estabeleceu um grupo de profissionais aptos a resolverem a questão.

Anastácia passou a seguir um programa de reeducação alimentar muito rígido e saudável. Na casa da família não entrava nada que não fosse orgânico e integral, muito menos algo que contivesse açúcar na fórmula. Lorena entrou em contato com a escola e proibiu que fornecessem qualquer tipo de alimento à sua filha, tudo de que ela precisava viria de casa. A menina também passou a praticar mais esportes, além da natação e do balé, começou a fazer ioga e a exercitar-se diariamente com um personal trainer especializado em obesidade.

Ao ouvir a filha dizer que sentia fome depois de um prato de salada sem molho e um pedaço de 50 gramas de peixe, Lorena enfureceu-se. Se ela controlava a alimentação para perder apenas alguns quilos, porque aquela menina, tão gorda, não podia fazer esse pequeno esforço? Lorena queria uma filha inteligente, magra e linda. Só assim poderiam ser felizes, por isso deixou a menina de castigo. Ao observar a garota em prantos, teve vontade de abraçá-la. Pior, teve vontade de levá-la ao McDonalds! Mas o amor de mãe falou mais alto e mesmo com um pouco de pena, ela não fraquejou em sua missão.

Afrânio confrontou a esposa após assistir a um treino da filha. Disse que aquilo era um exagero, que não havia nada de errado com a garota, que ela era apenas uma criança. Lorena apoiou as mãos na mesa de canto com tamanho vigor que a caixa de Cristal Tiffany em formato de coração que adornava a sala quicou e partiu-se. Ela queria o melhor para sua Anastácia e não podia admitir que ninguém interferisse no sucesso de sua empreitada. Naquela noite, depois da briga e de quase um ano de inatividade, fizeram sexo e Afrânio parou de reclamar.

No primeiro retorno ao nutricionista, Anastácia tinha engordado 3 quilos e ganhado 6 centímetros de circunferência abdominal. O desespero tomou conta de Lorena. Ela trocou toda a equipe médica, enfureceu-se com a funcionária da lanchonete da escola e vasculhou o quarto da filha. Não podia entender, olhava a menina com desprezo. Amava-a, claro que sim, afinal era sua filha, nada mais natural, mas não aceitava o fato de que produzira um ser tão comum e gordo. Não, não era mulher de se entregar. Não se entregaria, teria a filha que sabia merecer.

Teve uma ideia genial e ordenou que a empregada, depois de procurar qualquer pista de transgressão pela casa, fosse à escola pesquisar o que se passava ali. Descobriu que Anastácia andava roubando o lanche das coleguinhas, todas magras, e quase perdeu a elegância. Não fosse sua boa criação, não sabe o que teria acontecido naquele dia. Foi até o quarto da filha para educá-la. A menina começou a chorar ainda na mesa, em cima dos cadernos. Continuou enquanto fazia uma hora extra na esteira, enquanto tomava banho, enquanto passava os cosméticos estabelecidos pela mãe e ainda durante toda a noite. Lorena mais uma vez teve ímpetos de consolar a filha, mas não gostava de pessoas fracas, sabia que o mundo não tinha sido feito para elas e não permitiria que Anastácia fosse assim. Ela enxergava a chantagem barata da filha, era uma mulher inteligente, aquela criança não a enganaria, não abalaria sua vontade de ferro. Tudo por amor.

Ainda muito determinada, sentia-se sem opções. Tentara recompensar o esforço da menina com brinquedos, não adiantara. Tentara tirar os brinquedos da casa, prometendo devolvê-los quando ela estivesse saudável, também não adiantara. Oferecera diversos tratamentos estéticos como prêmio pelo sucesso. Até dinheiro ofereceu, em seu desespero de mãe. Anastácia só pensava em comer. Pedia insistentemente. No início queria doces. Agora, bem pior, pedia com lágrimas nos olhos um simples pedaço de pão. Onde já se viu? Era uma situação muito perigosa e de difícil solução e Lorena salvaria a filha, ela querendo ou não.

Precisava de tempo para pensar. Não muito, pois sua vida estava em jogo, o assunto teria que ser revolvido com a mais extrema urgência. Decidiu passar um dia num spa muito tranquilo e luxuoso. O ambiente propício a ajudaria a encontrar uma resposta para sua grande crise existencial. Planejou tudo, deixou instruções com Afrânio para que Anastácia cumprisse de forma satisfatória sua agenda e dieta. Pouco antes de sair da cidade rumo ao interior, notou que estava sem carteira. Lorena pensou quão grave era a situação que vivia. Ela, sempre tão atenta, tão presente no mundo, tão lúcida, cometer uma falha tão banal. Voltou para casa preocupada consigo. Ao entrar na sala, seus olhos. Afrânio e Anastácia sorriam e devoravam juntos um enorme saco de pipoca doce coberta com chocolate.

Dores

Carta a um analfabeto

Você me amaria se eu fosse bonita? Se meu batom fosse vermelho? Se não chorasse tanto? Se tivesse dito não? Me amaria se não requisitasse tanto o seu corpo? As suas mãos? Os seus olhos. Me amaria se não fosse por ela?

Seus pensamentos não me procuram e minha vida tomada de você. Meu primeiro. Meu último. Todos os outros.

Eu não te deixei entrar, eu te empurrei quando você disse não. Disse não e resistiu pouco, sorrindo. Foi como uma avalanche que inventei de tanto querer. Você entrou em todos os espaços, todos os amores, todos os desejos. Fui me partindo e te entregando cada pedaço até desmanchar-me em suas mãos.

Eu te ofereci meus olhos e você os usou. Ofereci minhas mãos e você as usou. Te ofereci minhas palavras e você também as usou, foi ser grande em outro lugar. Quando te invadi com minha verdade, li na sua irritação a minha dor. Adiei as lágrimas que eram minhas para enxugar as suas. Você não quis o meu amor, mas nunca deixou de bebê-lo e eu, toda preenchida de você, te olhava, porque você tirou o meu vazio e o trocou por ausência, que é um sempre querer mais.

E então você fala de amor quando quero ser pele. Quando quero amor, você fala dela. E eu sempre te escutei escondendo minhas dores, porque quero beber a sua lama. Quero todo o seu desejo em mim. Quero te invadir e te destruir porque te deixei entrar e você não sai, mas também não quer ficar.

    Pertenço tanto a você que não sei escrever essa história. Não te deixo me ler no papel, a última folha que seguro em mãos desfeitas, mas você está em todas as tintas. São manchas que eu admiro, debruçando-me sobre elas, vomitando-as, mastigando-as, transformando-as naquilo que inventei, uma história do que nunca foi.

    Um artista. Um poeta, tão talentoso que quase não enxerguei seu divertimento e sua segurança em meu desejo quando revelava tudo e me desculpava por tanto tremor. Não adiantou saber, pois o desejo é maior que tudo, maior que o amor, maior que a doença, maior que o orgulho, maior que o desejo. E eu sempre derramada, insatisfeita, querendo o você que me tomou completamente, nunca o você que diz não enquanto aperta meu corpo e não me deixa ir.

    A atuação é minha, impregnada do teu cheiro, da tua imundice anêmica, da frieza que me dá. O meu nojo cresce de desejar tanto o que é só superfície, o que não sabe me ver, o que nunca será febre, nem com ela, minha inveja me diz.

    Te quero domado e escravizado, poluído de mim para que possa finalmente me negar, mas mesmo na fantasia do não eu te desejo. Te desejo débil e vacilante, mórbido e decrépito. Desejo a sua terra marrom, escura e fria que transforma minha língua queimada em vapor. Desejo a sujeira e todo o mal que me faz quando minha lava não pode tocar a sua lama sem virar transparência.

    Então te odeio com toda a força do desejo que não me permito sentir. Não permito porque só tenho nãos, mesmo quando ouço sim, porque tudo é raso quando anseio profundidade, porque o seu desejo adormecido, feio e porco só existe para ela, porque cansei de arder e perder meus instantes no barro que renega meu fogo.

Tomada de aversão, preencho sua ausência com fúria, rancor e ódio. Você permanece, eu te mantenho aqui, mas a raiva é minha e posso movimentá-la e inflá-la na esperança de que ela domine o desejo e ocupe seu lugar. Tudo dilata e quando estou a ponto de me reconhecer, me vejo em seus olhos e irrompo a queimar.

É o acordar que nos mata

Suzie era uma mulher. Sua maior característica era ser trouxa. Todos viviam dizendo a Suzie o quanto ela era trouxa, e ela agradecia com os olhos cheios d'água. Porque era trouxa. No trabalho, oferecia ajuda a qualquer um que indicasse precisar. Ajudava quem não queria trabalhar por causa de problemas pessoais, por acúmulo de serviço, por problemas de saúde, por preguiça. Ajudava sem ninguém nunca pedir e, quando ouvia o quão errado tinha realizado as tarefas, sentia-se muito grata por trabalhar com pessoas tão honestas que sempre diziam a verdade. Também se sentia mal por ser inútil e não conseguir fazer as coisas direito. E jurava melhorar. Era trouxa.

O namorado de Suzie era muito bom, ficava com ela apesar de ela não agradar a seus pais, de não saber cozinhar. Ficava com ela apesar de ela estar sempre triste e não lhe dar atenção suficiente. Ou dar muita atenção quando ele não queria nenhuma. Às vezes, até saía com Suzie aos finais de semana. Era realmente uma pessoa admirável, ela pensava, surpresa por um homem como aquele tê-la aceitado em sua vida, exceto na maioria dos finais de semana ou quando ele tinha alguma outra coisa para fazer. Ficava agradecida por ele, tão generoso, demonstrar interesse por alguns assuntos dos quais Suzie gostava. Ele perguntava a ela sobre livros mesmo odiando ler. O rosto de Suzie se iluminava e seus olhos se enchiam d'água pelo esforço que o namorado fazia. Nessas ocasiões, ficava tão feliz que era egoísta e passava vários minutos falando sobre seu assunto preferido. Quando, pouco depois, ele reproduzia tudo, mas tudo mesmo, que ela havia dito em um post no facebook, ficava cheia de orgulho por ele tê-la escutado com tanta atenção. O orgulho era tanto que nem se incomodava de não ver seu nome ali. Trouxa.

Quando descobria que ele havia comparecido a um evento literário com os amigos, ficava feliz pela benção de namorar alguém tão cheio de luz que atraía pessoas boas e interessantes. Gostaria de ir com ele, não compreendia porque ele não a convidava. Mas tudo bem, era muito grata pela constante presença do namorado, ainda que só em pensamentos. A cada dia, Suzie se esforçava para se tornar digna daquele homem. Era também por isso que, quando eles se beijavam e ele dizia que fazer aquilo com ela era chato, ela engolia o choro e se esforçava muito, mas muito mesmo, para agradar ao namorado. Tentava fazer tudo que ele queria e pedia. Tentava adivinhar seus pensamentos, suas vontades. Ele não merecia Suzie como namorada. Não, ele merecia muito melhor. A cada instante ela sabia disso e tentava ser melhor. Era trouxa.

Em casa também era assim. A família de Suzie se entristecia por ter um membro tão egoísta. Alguém que às vezes saía de casa, que às vezes não queria lavar a louça, que às vezes sentia-se fraca demais para levantar da cama. Suzie sabia o quão em dívida estava para com a família e tentava chorar baixinho para não incomodar ninguém. Quando sentia os soluços presos na garganta, ia tomar banho para que o barulho da água ocultasse seu desespero por se saber em falta. Nesses dias, todos reclamavam do tempo que ela passava com o chuveiro ligado, e Suzie sentia culpa. Sentia culpa por não conseguir ser uma boa pessoa. Era ela que pagava a maior parte das contas, mas, mesmo assim, compreendia o quanto era um fardo para as pessoas que se viam obrigadas a conviver com ela. Trouxa.

Quase nunca ia ao médico, mas de vez em quando desmaiava, assim, no meio da rua, atrapalhando muita gente ao mesmo tempo. Os médicos faziam exames e perguntavam sobre sua saúde. Ela sempre respondia que estava tudo bem, não queria incomodar. Não reclamou nem mesmo quando erraram o acesso venoso e Suzie quase perdeu o braço. Sentiu muita dor, mas imaginou que era frescura, como sempre ouvia dizer, e ficou calada. Quase sempre saía com encaminhamento para um psiquiatra. Não ia. Era trouxa.

Numa semana especialmente difícil devido à inaptidão de Suzie, ela foi repreendida pela chefe porque não havia dado conta de seu serviço. Foi repreendida pelos colegas porque não os havia ajudado o suficiente. Foi repreendida pelo namorado porque havia aparecido em sua casa sem aviso prévio. Foi repreendida pela família porque havia chegado em casa tarde. Suzie não chorou. Suas lágrimas não haviam secado, mas ela não chorou. Na manhã seguinte, pegou o ônibus na direção contrária ao trabalho e foi até a represa. Lá, costurou pedras em sacos de estopa que vestiu como se fossem um casaco. Certificou-se que ficariam firmes em seu corpo e caminhou com dificuldade pela água. Pensou que *é o acordar que nos mata* e sorriu. Nunca mais foi encontrada. Foi a tarefa que melhor cumpriu na vida. Pena que não estava lá para ver. Muito trouxa.

Saliva, sêmen e sangue

Havia se tornado hora de acordar, abrir as janelas, sentir o calor do sol, respirar e ser corpo novamente, mas a única janela possível havia se feito concreto, e todas as manhãs eram enfim noites e, no ar puro, ela nunca deixaria de enxergar a sua sujeira.

Luana escolhia outras paisagens, caminhos baixos e cheios de barro, nos quais pudesse ver mais o céu sem deixar de sentir o vermelho da terra que buscava e que sabia ser. Fruto de infâncias que repetia na aprendizagem do seu ser mulher.

Quando seu corpo lhe dizia que havia chegado, Luana sabia que era apenas mais um e, de qualquer forma, assentia porque nunca soubera que era mesmo verdade que se podia dizer não.

Retirava-se desses momentos e deixava que seu corpo fosse, porque era outro que não ela. Via-o, sem vontade, com outros corpos que não viam a ela. Sedentos, débeis, com mãos que não sabem enxergar.

Quando voltava a ser Luana, cuidava do que devia ser seu e não era. Limpava saliva, sêmen e sangue. Quantos corpos não sabiam o que era Luana, o que era corpo e o que era sentir? Quantas Luanas havia sido porque também não soubera qual era o seu corpo e como ser sem se tornar a dor de outro?

Até mesmo seus olhos de Iemanjá estavam secos. As águas, que corriam livres em filhos da rainha das ondas, recusavam-se em Luana, não havia lágrimas nessas ocasiões, apenas sangue em um corpo sem ser. Sacrifício.

Luana aceitava seu destino porque o fazia ela. Punia seu corpo porque eram um e outro e não o mesmo. Saliva, sêmen e sangue. Sem Luana. Ou assim pensava sabendo que a dor pertencia a ambos.

Cansada de não ter mais lágrimas, resolveu que era hora de não ser mais corpo. Calou-o, calando-se a ela e, por muito tempo, achou que aquilo era viver. Não havia dor. Não havia saliva, sêmen e sangue. Mas não havia dor, não havia corpo e não havia Luana.

Silenciou-se e fez o que achava que era viver, mas não era. E, quando enfim havia se tornado hora de acordar, abrir as janelas, sentir o calor do sol, respirar e ser corpo novamente, a única janela possível havia se feito concreto, e todas as manhãs eram enfim noites e, no ar puro, ela nunca deixaria de enxergar a sua sujeira.

Terra

Olhava a terra se movendo sob seus pés. O chão parecia seco, mas no movimento surgia a umidade. Folhas, sujeira, pedras, pedaços de pão. Não gostava de pureza, terra presa em vaso.

Seu entrededos sorria de cócegas e mexia cada vez mais, as unhas ficando pretas, os pés ganhando cor. A sensação era de muitas coisas em uma só. Uma vida secreta escondida debaixo de uma toalha. Sobre a mesa, um piquenique. Ao redor, crianças perseguindo galinhas e seus filhotes.

Apenas um parque – árvores, gentes e bichos.

Via raízes invadindo o concreto e se espalhando pelo mundo. Imagem comum, sedutora demais para mentes cansadas.

Respirava, diferente – deixar-se ser. A realidade era uma grande caixa cinza após longos caminhos cinzas. Uma vida de pó.

Gostava de observar os animais. Sabia que a natureza não é cintilante. Via com certa dor a crueza da vida.

Mas era vida.

Buscava o mesmo em sua humanidade – uma leitura clara.

Gostava de olhar: a natureza não estava lá, e ela estava, cansada.

Decidia. Fincar os pés, não mais apenas provocar.

Seria alguém que também é terra.

A gorda

Wesley estava com pressa. Caminhando em direção ao ponto de ônibus, não parava de olhar o celular. As coisas não iam bem no trabalho. A mudança de departamento fora um aviso não anunciado. Sabia que era sua última chance. Ele, que havia sido promovido não uma, mas duas vezes, quase sendo mandado embora. Uma humilhação.

A avenida movimentada o impedia de andar pela rua. E a calçada tão estreita, cheia de árvores para atrapalhar. Se ao menos aquela gorda saísse da frente... não entendia por que andar tão devagar. Ele estava apenas tentando manter o emprego, mas a situação não estava a seu favor.

Assim que conseguiu entrar no ônibus, Isabela viu, como sempre, que estava lotado, mas havia um lugar vago. Um não, meio. Ela hesitou, como os outros passageiros, talvez achasse que não valia a pena. Mas estava cansada e se sentou naquele pedaço de banco que lhe sobrara. A gorda ocupava quase todo o espaço, com suas coxas enormes grudadas no corpo de Isabela. Chegaria ao trabalho mal-humorada.

Com a mudança de prédio, ninguém sabia como seria a nova configuração da empresa e seria uma surpresa ao lado de quem cada um se sentaria. Nelson ficou incomodado pensando no sofrimento futuro. O cheiro de fritura todas as manhãs, o cheiro de salgadinho, de chocolate. Chocolate! E se ele não resistisse? Até para sair teria dificuldade. Aquela gorda ocupava mais da metade do corredor.

Kelly gostava de trabalhar em um salad bar descolado, gostava dos horários mais flexíveis, de não ter que alisar o cabelo. Aquele era um lugar que respeitava a singularidade dos atendentes. Todos eram bem arrumados, mas tinham os mais variados estilos. Tatuagens eram bem-vindas. Gostava muito daquele lugar, mas aquele não estava sendo um dia bom. Era difícil passar entre as bancadas que, apesar do estilo minimalista, pareciam poluídas. Já quebrara um copo e quase derrubara a bandeja cheia de salada dos clientes. E a gorda ainda pedira molho ceaser com a salada. De que adiantava então?

O dia de Felipe também não estava sendo agradável. Gostava da relação próxima com seus funcionários. Mas, às vezes, eles tomavam liberdades que ultrapassavam a questão do respeito. Já fazia mais de uma semana que saíra do happy hour acompanhado. Em sua defesa, usava a bebida. Ela era passável de rosto. Na escuridão da noite, não era possível ver as gordurinhas escapando da blusa. Aguentara as piadinhas a semana inteira, mas resolveu que elas haviam passado do limite naquele almoço de terça-feira. Quando disseram àquela gorda que ele queria conhecê-la, ela se virou. E se ela tivesse ido falar com ele? Essa sim teria sido uma humilhação sem volta. Estava decidido a ter uma reunião com o RH para acabar com aquela falta de respeito.

João estava cansado de um dia de trabalho todo realizado em pé. O esforço físico que depreendia impedia que fizesse qualquer coisa à noite além de sentar em frente à TV e tomar uma cerveja. O ônibus do fim do dia era seu último desafio. Descia exatamente um ponto antes daquele em que todos saíam. Todos os dias passava pelos corredores apertados tentando chegar à porta de trás, mas aquele dia estava especialmente difícil. Uma gorda ocupava todo o corredor, quase caindo em cima das pessoas que tinham a sorte de estar sentadas. Ele tentou, tentou, mas não conseguia passar. Perdeu o ponto. Além do dia inteiro de trabalho árduo, teria que andar muito mais para chegar em casa. Gorda maldita.

Jéssica era cabeleireira há muitos anos. Especializada em descoloração, sentia saudades da fase do loiro platinado. Adorava cortar cabelos e deixá-los os mais lisos possível. Era sua especialidade. Ultimamente andava sem muitas clientes, a crise deixava o movimento mais fraco. Cuidados com a estética eram das primeiras coisas a ser cortadas. Ela não entendia, já que via cuidados com cabelos, pele e unhas como essenciais na vida de uma mulher. Por sorte, naquela noite tinha um corte marcado. A expectativa do platinado foi frustrada assim que viu a cliente. Ela tinha o cabelo curto e ondulado. Nada interessante. Chamou-a educadamente como era obrigada a fazer, mas quando ela tentou se sentar na cadeira, mal coube e quebrou o pistão. Jéssica foi categórica, não posso cortar seu cabelo, você nem cabe na cadeira e ainda está me dando prejuízo, é melhor ir embora. Que dia perdido, pensava em ganhar dinheiro, mas saíra perdendo. Não entendia essas pessoas. Precisava repaginar o salão para receber clientes melhores. Aquela gorda estragara seu dia.

Um dia na vida. Precisamente às dezenove horas, a gorda virou a chave de seu apartamento.

A casa da podridão

Na casa da podridão, as janelas nunca são abertas porque o frio e o sol podem despertar. Nos momentos alegres, vive-se na penumbra; a maior parte do tempo, vive-se na escuridão.

A casa da podridão tem cheiro de morte. Velhice, suor e merda estão em todos os cantos.

O dia começa escuro como a noite e a primeira coisa que se deve fazer é limpar o vômito de um e a merda de outro. Sem abrir a janela porque a vida pode entrar. Depois, é hora da comida que vai na boca quando não há forças para segurar a colher. Dura anos, uma colherada, outra colherada e outra e outra e outra. Então é preciso escovar os dentes e ver grandes pedaços voltarem ao prato. Cheios de baba, mas inteiros, removidos com dedos porque a pobre escova é apenas uma só.

Quando ela sai de casa, deixa a velhice para trás, mas continua com ela. Imaginando o que encontrará quando tiver que retornar.

O mesmo que vê em si. Já está impregnada, presa, dependente. Quase nunca sai. Quando está fora, é só nela que pensa. Não posso demorar. Não sei o que acontecerá se ficar muito tempo longe. Nada, além de um pouco de podridão. Pernas mais inchadas, mãos mais trêmulas. Sujeira. Podres no chão. Nunca muda. E a necessidade de presença engole todos. A podridão precisa de vida para continuar.

E a encontra. Encontra-a naquela que sempre se fez necessária. Absoluta. Imprescindível. E agora não pode mais fugir. Movimentos antigos a que se acostumou a menina desprezada pela mãe. Era preciso fazer-se necessária, caso contrário o que seria? Desde criança, fazendo tudo, sabendo tudo. Engolindo tudo. O mundo todo sob seus braços. Nada poderia escapar.

Agora, perto do fim da vida, tinha o que sempre quis. Sofria, deleitando-se na miséria. Saboreava o peso da carga que envergava suas costas. Chorava, nos raros momentos em que não era vista. Mas nada disso podia durar porque já era hora do almoço.

Fazia a carne que não comia pensando no gosto do bife. Servia, picava, oferecia ajuda com a colher. Ouvia que faltava sal, que sobrava sal, que faltava tempero, que sobrava tempero. Tanto faz, o importante é que há algo a dizer. Depois, escovar os dentes, tirar os pedaços de carne mal mastigada com os dedos. Levar ao banheiro, abaixar a calcinha, limpar a bunda com sabonete porque o papel não consegue mais desempenhar sua função.

Remédios, dificuldade de engolir, lamúrias. Colocar todo aquele peso morto na cama, mais para a direita, mais para a esquerda. Assim machuca, não acende a luz, fecha a janela. Quero fazer xixi. Você demorou demais, não consegui segurar. Trocar os lençóis, ouvir reclamações e lamentos, lavar os lençóis, dar remédio, tentar obrigar a comer, fracassar, desistir, tentar novamente, ouvir desaforos, ajudar com a colher, escovar os dentes, tirar os pedaços com o dedo, ajudar a deitar, ajudar a levantar, limpar a bunda, dar remédios, dar comida, insistir, desistir, fracassar.

Hora do banho.

Amor

Depois de quase aprender a ver, estava na fase de aprender a falar. Era estranho olhar no espelho e ver a boca costurada.

É por isso que suas palavras saíam sempre cheias de dor. Não é que não falasse. Falava, e muito. Principalmente o que não devia: vamos, o que você acha, tudo bem, pode ser, desculpa.

Ela. Sempre ela. Feminina, tinha certeza. Parte do seu ser mulher.

A santíssima trindade de sua vida: culpa, medo e vergonha. A culpa sempre bebendo o medo e a vergonha.

Fomos criadas para sermos boas meninas. E ela também.

Você vai sair?

Eu te amo.

Está tarde.

Eu te amo.

É perigoso.

Eu te amo.

Fique aqui.

Fala comigo. Isso não pode. Não pode achar, não pode dizer, não pode pensar. Você não me ama? Que feio, filha. Não fala assim.

Vai sair desse jeito? Tá muito curta. Põe um sapato, tira o chinelo. Você não vai pentear o cabelo? Demorou. 15 minutos mais tarde. Que preocupação.

Ela parou de falar, depois parou de ver e quando estava parando de se mexer, resolveu voltar. Ir para trás nesse caminho e chegar à sua frente.

Mas, quando percebeu, já havia se deitado em seu caixão e decidiu voltar à terra, sem intermediários, descobriu que havia desaprendido como. Não sabia andar sem cair, como enxergar, como falar.

Antes de tudo, precisava respirar em pulmões feitos água.

Para voltar a ser terra e aprender a respirar, teve que se fazer água – o início de sentir.

Todo um mar preso em uma gota. Salgado.

A gente morre para deixar de ser.

E foi assim que terminou. Ela quase sem saber se mexer, querendo respirar sem pulmões, com um coração inchado, mas quase sem sangue.

E conseguiu. Em seu caminho pela água, onde o peso das coisas se desfaz.

Não foi sozinha. Algumas pessoas são boas quando precisam ser, do jeito que sabem ser. Mas ela não via porque estava ainda tentando respirar o suficiente para conseguir andar.

O primeiro passo foi sem pés, todo o corpo uma sombra só. Mas, com a ajuda que só mais tarde saberia, começou a ter limites muito claros, opacos, sem continuidade.

Era lama e, a cada passo, se desmanchava e se via desfeita, derramada na dor de não saber se água ou se terra.

A saída do casulo de água durou muito tempo e foi feita a muitas mãos. E ouvidos. Havia ouvidos também. E durou pelo menos um pra sempre.

Um dia ela foi terra. Molhada, mas não lama. E aprendeu que não podia ser seca. Tentar ser a terra que não era sua foi o que fez com que se deitasse e desaprendesse.

E ela aprendeu a ver e no processo quase ficou cega e quis voltar e não ter olhos, mas isso seria outra vida.

Agora ela estava ali, sendo seu corpo de terra molhada respirando e se mexendo quase bem. Com olhos a descobrir uma boca costurada.

Não sabia como entender. Como é que aquela boca se move costurada com pontos cada vez mais nítidos segurando dois finos lábios de boa moça?

Indigesto

Vítor Ismael é um trombadinha. Só tem dez anos e já passa quase todo o tempo na rua. Na última audiência com o juiz, além de quebrar a porta, levou para casa, quer dizer, para a rua, uma miniesfinge que a oficial de justiça Inês trouxe do Egito. Não, não tinha roubado, ela só teve pena do menino. Nem todo mundo tem culhões para lidar com esses marginais. Ficar com dó de ladrãozinho, onde já se viu?

Daqui a pouco é Fundação Casa. Só depois dos doze é que os bandidinhos podem ser presos. Quando estava no orfanato, quebrou os vidros e pulou do primeiro andar para se esconder no esgoto. No esgoto! Tinha comida e cama quente, mas preferiu ficar na merda. Coitado de quem teve que buscar o moleque lá.

Diego entendeu tudinho nas primeiras frases da psicóloga, logo no início do jantar, mas ela continuou mesmo assim. Era loirinha, magrinha, não muito gostosa, mas ele fez cara de interessado. Melhor não perder a noite. Vítor Ismael – isso lá é nome de gente? – falou que queria ir para a Itália. Faça-me o favor, não vai nem para a escola e acha que vai para a Itália? Segundo a psicóloga, o caso do menino era delicado. A maluca resolveu contar tudo.

É muito difícil criar vínculos com Vítor Ismael, ele não confia em ninguém. A mãe dele vive na rua e tem problemas com drogadição. Vítor foi para o acolhimento institucional, junto com a irmã, quando tinha apenas cinco anos.

A avó das crianças gostaria de ter ficado com elas, mas já cuidava de outros quatro netos e era muito pobre, por isso foi convencida pelos assistentes sociais a abrir mão dos dois.

Logo um casal o adotou. Estranho, Vítor não era um bebê branco do sexo feminino. Era um menino negro com seis anos de idade. Ele não queria se separar da irmã, mas a escolha não era sua. Foi devolvido antes mesmo que o período de adaptação terminasse.

De volta à casa de acolhimento, percebeu que uma moça bonita visitava sua irmã constantemente. O casal Marco Antonio Pinto Gouvêa e Regina Pinto Gouvêa, da Pinto Gouvêa Advocacia, adotou Vítor e sua irmã, Luana. Na verdade, eles queriam apenas a menina, mas cederam à pressão e levaram os dois.

As crianças viajaram à Disney, foram a festas com pula-pulas, tomaram milk shakes e ganharam patins. Luana estava sempre no colo de sua nova mãe e dormia no quarto que tinha mais brinquedos. Às vezes brigavam com o garoto, mas tudo bem, agora ele tinha uma mãe, um pai, muitos brinquedos e a companhia da irmã.

Um dia, Dona Alzira, a empregada, fez uma mochila com algumas roupas de Vítor e disse que iriam passear. Pegaram o ônibus em silêncio e ele foi deixado no abrigo. Dona Alzira disse que voltaria logo para buscá-lo. Não voltou.

Todos os dias, o garoto perguntava quando iria para casa, mas ninguém respondia, só faziam uma cara estranha que ele não entendia bem. Queria ver a irmã e viajar com ela para a Europa, como seus novos pais haviam prometido.

Sem aguentar mais a espera, Vítor pulou o portão de dois metros e foi andando até a casa de sua família. Quando recebeu a notícia do porteiro, Regina Pinto Gouvêa chamou a polícia e não permitiu que sua princesinha chegasse perto da janela até que a situação estivesse contida. Logo, ela não perguntaria mais sobre o irmão.

Vítor foi amarrado e levado ao hospital psiquiátrico, onde o medicaram. Ele dormiu por dois dias seguidos. Depois disso voltou para a casa de acolhimento. Fugiu em menos de uma semana. Durante meses tentou se reunir com a família. Não se soube dele por um tempo, mas um dia ele reapareceu na cidade vizinha, aparentemente procurando pela mãe, a biológica dessa vez.

A psicóloga, que não parava de falar, contou que o pivete tinha feito amizade com uma tal de Jacira, de uma dessas ONGs sustentadas pelo governo. Diego ouvia tudo fazendo cara de comovido. Nem vir com uma blusa decotada, a maluca tinha vindo.

Jacira tentava levar Vítor Ismael para a casa da avó materna. Ele não ficava lá por muito tempo. Fugia para procurar a mãe. Sempre perguntava por que a avó não ficara com ele e a irmã. Ela se sentia culpada e queria reparar o erro. Era miserável. Tinha uma vida miserável. Mas também tinha amor. Amor e vontade de cuidar do menino.

Dá pra acreditar que o moleque apontou pra polícia o traficante procurado, na frente de todo mundo? Nem sei por que não apareceu picadinho num monte de saco de lixo pela cidade. A psicóloga queria aos poucos fortalecer o vínculo que o moleque tinha criado com a avó. Coisa estúpida, ele precisava mesmo era de uma surra, mas a maluca estava convencida de que iria salvar o trombadinha.

Diego ouviu tudo o que ela disse. Quando abriu a boca, foi só para dizer que a sociedade estava mesmo perdida. Sentia-se frustrado, teve que escutar aquele monte de baboseira de uma mulher nem tão gostosa que, no fim, não conseguiu comer.

Resistência

Maria nasceu no Espírito Santo, filha de Ana Mineira. Por ser a primeira de 13 irmãos, o pai determinou que ela não trabalharia na roça. E ela concordou.

Cuidava dos serviços da casa e dos irmãos pequenos demais para acompanhar os adultos. Cozinhava, lavava, passava. Sempre dentro de casa e muito avessa ao ar livre. Desde cedo, aprendeu a costurar.

Nas raras vezes em que lhe era concedido ir ao baile da cidade, fazia os próprios vestidos. A determinação era da mãe. E ela obedecia.

Era sempre a mais bonita, chamava atenção dos rapazes e, não fosse a rigidez paterna, teria muitos namorados. Mas não teve.

Ainda muito jovem, casou-se com Carlos, sétimo filho de uma família de nove irmãos. Não o achava bonito ou interessante, mas era um marido. Os pais haviam dito que ela deveria se casar. E ela se casou.

Em menos de um ano, engravidou, e a primeira filha chegou pelas mãos da avó, como era costume na região. A experiência cheia de sangue e dor tornava improvável que do ritual nascesse o amor.

Logo depois da chegada da pequena Helena, Carlos tomou a difícil decisão de se mudar para São Paulo em busca de emprego. A vida na roça era muito dura, e o jovem patriarca sonhava com algo diferente para si, para a esposa que tanto amava e para a filhinha que vinha consolidar a conexão sagrada daquela família. E Maria seguiu.

Lá se foram os três sozinhos no mundo à procura da vida melhor que não encontrariam.

Depois de alguns meses de fome, Carlos conseguiu seu primeiro e único emprego em uma grande metalúrgica: segurança durante doze horas intermináveis.

Quando podia, levava um pedaço de cocada para a mulher, como se desculpando pela ausência, pela falta de dinheiro, pela reforma vagarosa da casa que construía aos poucos. E ela agradecia.

Maria costurava para fora. Vivia para lá e para cá em busca de clientes nos mais variados bairros, sempre carregando a filha e grandes sacolas cheias de tecido, linhas e agulhas. Nada mudou mesmo com a chegada da barriga anunciando o segundo representante de sua prole. Com a benção de Deus.

Em São Paulo, não havia mãe para realizar o parto, mas Carlos acreditava na modernidade dos hospitais. E Maria concordava.

Maria sorria para o marido enquanto sentia algo de assustador na barriga. Mas continuava.

Quando as dores começaram, elas vieram não lentamente, mas de repente e lancinantes. Maria sentia-se partir por dentro, a criança gritava sua chegada como quem não pede, mas exige passagem. Pequena tirana. Sentia-se cheia da lembrança de sangue e dor.

Helena tinha menos de três anos e não entendia o que se passava. Apagaria a memória daquelas horas. Desde cedo, aprendia a força do esquecer.

Ninguém ouviu os pedidos da mulher que tentava se aproximar da janela, mas caía na cama sem forças. Resignada.

Maria pensava gritar, e a pequena Helena via a mãe mover a boca quase sem emitir um som.

Helena não se lembraria da mãe na cama e do bebê, a pequena Estela, caída no chão, chorando, ainda presa pelo cordão umbilical.

Nas memórias de Helena, não havia Maria acordando, pegando o bebê, partindo aquele fio grosso, soluçando de raiva e desespero, para logo depois perder as forças e derrubar a criança no chão.

Carlos encontrou a mulher desacordada na cama e o bebê chorando no chão. Acudiu a mulher e a filha como pôde. Helena esquecida a observar tudo com seus olhos de criança.

Depois de dois anos, a vida era de novo normal. E veio o terceiro e último filho. Maria aceitou.

A vida seguiu como deve ser. A família trabalhando duro, exceto aos domingos, dia reservado ao Senhor. Pena que os vizinhos insistiam em fazer barulho justo no dia de descanso. O suplício de Maria.

Às vezes, a comida era só o arroz. Mas o que importa é que os dois cômodos aos poucos se transformavam em quatro. A casa crescia com a família.

Tudo continuou sem grandes mudanças. Carlos sem sair do emprego de segurança. Maria sem parar de costurar. A vida dura e suada levou anos que foram séculos.

Quando chegou a hora de descansar, Carlos pegou o dinheiro da aposentadoria e decidiu que voltaria para a roça. E Maria seguiu. Seria bom se livrar dos vizinhos fofoqueiros, que adoravam se meter na vida do casal.

A pequena chácara longe dos filhos era a felicidade do patriarca. Carlos adorava a natureza. Plantava, falava com os animais, sonhava até em cavar uma piscina para os netos. Tinha o melhor jardim do vilarejo. Todos pediam flores, pés de alface, milho.

Maria finalmente parara de costurar e agora apenas cuidava da casa. Não via com bons olhos essa mendicância, a cobiça dos vizinhos não trazia boas energias. Eram mesmo uns invejosos.

Tudo continuava como sempre. Carlos plantava, colhia, vivia. Maria assistia TV, cuidava da casa, cozinhava.

Carlos lidava com as compras, as contas e as decisões. Dizia que cuidaria de tudo. Sempre. E Maria obedecia.

Quando ele morreu, ela não tocava no cartão do banco há mais de sete anos. Não sabia mais como andar de ônibus, se perdia até dentro do supermercado. Os filhos decidiram que ela voltaria para a casa de quatro cômodos construída há milênios. E Maria foi.

Pela primeira vez na vida, morava sozinha. A filha Helena assumira as responsabilidades do pai morto. Ia ao banco, ajudava a fazer compras, servia de companhia, dizia para a mãe não sair sozinha. E Maria atendia.

Maria preenchia o tempo assistindo TV e fazendo palavras cruzadas. E agora reclamava, como costumam fazer os idosos. Os filhos ouviam sem atenção o relato sobre o vizinho que batia nas paredes e escutava música em volumes altíssimos. Tudo de propósito.

Riram descrentes quando ela disse que a atividade principal de Seu João consistia em traficar drogas. Ela virou a piada da família com a mentira.

Mas era verdade. Maria sempre via muitas pessoas indo e vindo para comprar entorpecentes. João, o traficante, sabia-se descoberto e era por isso que a atormentava tanto. Ameaçava-a até que ela apagasse todas as luzes, desligasse todos os aparelhos e fingisse não estar em casa. Maria sempre obediente, não entendia por que os filhos não a ouviam.

Ele queria que ela saísse de casa. E ela saiu.

João venceu.

Maria se mudou.

Foi para um apartamento no qual também moraria sozinha. Apesar de sentir falta do quintal, estaria mais protegida, cercada de gente de bom coração. Havia muitos idosos no condomínio. Era um prédio antigo como seus moradores.

Os filhos diziam que agora ela deveria sossegar, tranquilizar-se e os tranquilizar. E Maria acedia.

Mas não podia ignorar o problema que agora se punha. A vizinha de cima tinha uma filha adolescente.

Uma filha adolescente sem TV a cabo. A menina fazia muito barulho. Pulava sem parar, jogava coisas no chão, usava até o cabo da vassoura para produzir sons ensurdecedores. Tudo porque queria ver certos programas. Só parava quando Maria acertava o canal e deixava a TV no último volume. Tudo para que ela conseguisse ouvir os programas lá de cima, do seu apartamento. Maria odiava TV alta. Mas obedecia.

Foi vencida.

Mais uma vez.

Sem forças para lutar, deixou-se ir morar com a filha mais velha. Ali, diziam, não estaria mais sozinha, seria bem cuidada, tomaria todos os remédios religiosamente. Assim foi.

A vida seguiu como segue, e Maria estava quase agradecida por ter alguém para ajudá-la com tarefas que seu corpo velho não era mais capaz de realizar sozinho.

Agora não havia mais vizinhos a atormentá-la. Estava segura, acompanhada, acolhida.

Pena que, todas as noites, quando a filha já dormia, cobras invadissem sua cama.

Com sentimento

Via a aliança na privada. Que droga, pensou rindo da coincidência. Não se importou muito, feito de latão, aquele objeto era apenas mais uma tentativa fracassada de ser bem-sucedido no universo feminino. No escritório, notava as mulheres observando os casados, principalmente Daniel. O que é que tanto viam naquele cara sem graça? Ele não era forte, não era rico, não era nada. Mesmo assim vivia cercado. Malaquias não entendia que quem carrega uma mala no nome não pode ter um bom destino.

Estava cansado, não aguentava mais ficar sozinho. Não queria uma namorada, queria apenas uma cavidade aquecida que não custasse tanto. Não era exigente, queria uma mulher bonita e que não falasse muito. Vivia em sites de sedução, lendo sobre como se tornar um macho alfa.

Destituído de sexo, pobre Malaquias tentava aprender como atrair mulheres.

Nas raras oportunidades de socialização, escolhia uma mulher tímida, mas bonita, para abordar. Durante toda a vida adulta, nenhuma vez obtivera sucesso. Talvez fosse o cheiro de cerveja misturado ao de salame – sua refeição favorita. Talvez fosse sua personalidade gentil. Nunca saberia. Cansara-se de perguntar o porquê. Pedia, implorava por palavras que pudessem iluminá-lo, mas as mulheres eram cruéis. Não respondiam.

Após essas noites de alegria, buscava o serviço de profissionais do sexo para receber o carinho que tanto merecia. Não raro, adormecia de bêbado antes que o serviço fosse iniciado.

Nos sites de relacionamento, escolheu uma foto em que tinha a camisa semiaberta e segurava uma garrafa de cerveja importada. Infelizmente, não percebeu que, como pano de fundo da imagem de seu torso nu, destacava-se um samba-canção de patinhos pendurada no varal, presente de sua querida avó.

Foram três semanas preenchidas com bobagens românticas, declarações de amor a noites de conchinha, pesquisa sobre filmes e livros estúpidos de que as mulheres gostam e nada. Não compreendia, tanto esforço para agradar, tanta energia, tanto dinheiro. Tudo inútil. Será que seu problema era ser gentil em excesso?

Malaquias resolveu utilizar uma abordagem mais agressiva, é preciso saber quando mudar a estratégia. Teve uma ideia ótima para sua nova frase de perfil: "se você for gostosa o suficiente eu posso te lamber toda", mas não teve tempo de escrevê-la – ouvira um som inesperado, recebera uma mensagem.

Uma mulher o chamando para se encontrar em um estacionamento, naquele mesmo momento. Será que seu sonho finalmente se realizaria?

Até que enfim uma mulher inteligente! Malaquias tomou banho, passou muita loção pós-barba e colocou seu melhor samba-canção. Só no carro se lembrou de que não tinha visto as fotos da mulher. E se ela fosse uma baranga? Verificou pelo celular, mas não tinha certeza.

Quando chegou ao estacionamento, ela já estava lá. A mulher desceu do carro, e ele a olhou de cima a baixo sem o menor pudor. Era meio gorda, mas dava pra comer. Teve uma ereção.

Antes de irem ao motel, Malaquias passou por um posto de gasolina. Durante o trajeto, falou sobre seu trabalho e perguntou sobre o dela. Compartilhou uma experiência traumática com uma garota que tentou convencê-lo de que estava grávida. A mulher não respondia muita coisa. Gostou dela.

No motel, pediu para que ela mesma tirasse o sutiã. Suas mãos tremiam. Quis parecer desinteressado, mas logo perguntou se poderiam sair novamente. Ela disse que sim e Malaquias tentou agradá-la. Deu tapas vigorosos nos seios dela e os chupou até que ficassem roxos, mordiscando e puxando seus mamilos com os dentes. Conseguiu penetrá-la por quatro minutos inteiros e sentiu-se vitorioso. Falou sobre sua vida, seus planos, sua decepção com os falsos amigos. Ela estava por cima. Ele estava feliz. Gozou quando ela ainda usava apenas a mão. Não se importou, aquela mulher era tão doce, ela também não se importaria.

Era estranho, por que ela parecia triste? Tentou diverti-la, acariciou seus cabelos. Ela pediu para ir embora. As mulheres são todas iguais. A não ser que... Quando ela ia abrir a porta, ele a agarrou por trás e pressionou seus seios com força. Vamos ficar mais um pouco. Jogou-a na cama, tirou seu vestido, segurou seus pulsos e se esforçou para ir o mais fundo possível. Sentia-se um rei. Era isso que você queria? É disso que você gosta? Fala pra mim. Malaquias estava tão feliz que seu pênis escapou. Antes de reposicioná-lo, viu sangue. Muito sangue. Você está sangrando. Ela olhou. Nenhuma reação. Ele correu ao banheiro para se limpar. Voltou ao quarto, viu uma poça de sangue no lençol e outra no chão. O sangue escorria e marcava as pegadas dela.

Você quer ir, né? Deixa eu só me trocar. Que pena, justo na melhor. Ela não disse nada. Não olhou para ele. Posso te pedir uma coisa? Só por precaução, vamos passar na farmácia. Ela não respondeu. Malaquias entrou com ela, mas não pagou pela pílula. Quando ela a engoliu, abriu a boca para que ele se certificasse de que tudo estava bem.

No dia seguinte, ansioso, mandou uma mensagem. Sem resposta. Perguntou se ela estava chateada. Silêncio. Implorou para que ela dissesse algo. Nada.

Foda-se, que ela não me venha dizer que está grávida. As mulheres são todas assim, não adianta tentar ser legal. Nenhuma presta.

Não havia outra opção. Naquela noite, Malaquias procurou uma mulher de verdade. Jhamilly era uma apertadinha cheia de amor para dar. E o melhor, cobrava apenas 30 reais.

O que faz um farol

Saindo com o carro, já penso no farol. Estou sozinha, espero que não esteja fechado. O cruzamento ao lado do mercado é desconfortável. Um bom ponto para reforçar a culpa. Logo após as compras, nem 50 centavos para o velho de muletas? Como não recompensar os malabarismos malfeitos da criança? E quanto ao jovem esforçado que todos os dias chega cedo para vender doces?

Sinal vermelho. É claro. Fecho os vidros. Não sou um monstro, quando passam por mim, ensaio um não com expressão sentida. Ao esverdear da luz, abro os vidros e aumento o volume da música que fala de amor.

O mundo é mesmo um lugar sem graça.

Chegando à garagem, desligo o rádio, se não me concentrar, o carro vai ficar ainda mais ralado. Fecho os vidros caso algum vizinho esteja por perto. No subsolo, tudo é escuro e as luzes nunca se acendem. Pelo menos não para mim.

Subir as escadas é trabalhoso, devido à falta de espaço, os degraus são altos demais.

Entro na casa abafada apesar das janelas abertas. Quero conversar, mas não há o que dizer. Não consigo ler, olho o celular insistentemente à procura de mensagens. Nada.

A citação postada no Facebook é um pedido de atenção, o próximo passo são pequenas confissões. Melhor comer alguma coisa.

Depois do jantar, jornal. Sangue, corrupção, classe média, impostos, animais fofinhos e brincalhões. Sangue. A sensação de desamparo se perde ante as fortes emoções dos últimos capítulos da novela.

Não. Prefiro me apegar ao vazio que não vem de fora.

O teto do quarto é sujo e cheio de pernilongos. O chão está quente, a cabeça e as costas doem. Ao lado, um tufo de poeira sendo perseguido pelos olhos do gato esparramado pelo corredor. Até ele prefere não se mexer.

Tento pensar, mas só consigo sentir. Não, não chega a isso. Nem a isso. Um nó no peito, costumam dizer. Já ouvi falar em obsessão, inveja, trabalho. Até de cachorro preto já chamaram. Coitado do cachorro. Depressão, bile negra, melancolia. Frescura, de acordo com meu pai.

Minha irmã só se preocupa se for de longe. Minha mãe pede ajuda sobre como ajudar. Eu não entendo. Talvez não deva ser entendido.

Ninguém vê, mas todos sabem qual é a causa. Eu estou apaixonada. Sou egocêntrica. Não me amo o suficiente. Me amo demais. Sou tímida. Não, não sou tímida. Ponho muito peso nas coisas. Penso demais. Não penso direito. Talvez.

Fica tarde, vou para a cama. Os pensamentos são os mesmos. Minto. Não são pensamentos. Não sei o que são. Não durmo, engulo o comprimido, ganho duas horas de olhos fechados e uma dor de cabeça.

É assim.

Difícil manter os olhos abertos

Um homem a convidara para sair. Insistentemente. Isso fez com que ela se sentisse ainda mais grotesca. Ele era interessante e falava sobre o que faria com seu corpo quando estivessem juntos. Isso a excitou e enfureceu.

Odiava-o enquanto observava sua pele marcada no espelho. Não tinha coragem de olhar para o próprio corpo. No banho, sentia-se desconfortável, uma pressão leve na espinha. Não queria se tocar, ser lembrada do que era, de como era.

Nas poucas vezes em que se masturbava, compunha pessoas impossíveis e quando sua própria imagem insistia em aparecer, mordia o travesseiro com nojo.

Ao vestir algo que ficava bem, sentia-se uma farsante, qualquer homem que a olhasse estaria sendo enganado e teria todo o direito de humilhá-la quando descobrisse a mentira.

Nas ocasiões em que nada era capaz de esconder a verdade de suas formas, sentia-se envergonhada por forçar aos outros tamanha abominação. Encolhia-se e tentava não se mexer tanto quanto possível.

Compreendia o absurdo de sua realidade. Havia mulheres muito mais feias que ela. Notava olhares em sua direção. Nada disso, no entanto, sobrepunha-se à sua certeza mais essencial. Não valia a pena, era, de fato, grotesca. Nunca seria escolhida, admirada, amada. Qualquer indício de afeto ou desejo em relação a ela eram apenas caridade. Ou engano.

Odiava-se ainda mais ao perceber-se incapaz de esconder seus medos, forçando as pessoas a olharem para ela, a tentarem fazê-la sentir-se menos mal, porque elas eram boas.

Tentava em demasia encenar a aceitação. Pintava as unhas, mesmo sabendo-se ridícula a cada pincelada. Usava maquiagem procurando esconder expressões que revelassem seu segredo. Via seres o tempo todo preocupados com a aparência, o peso. Calorias, cortes de cabelo. Academias lotadas. Geração saúde, claro. O que importa é o que parece, nunca o que é. No fundo sabia que todos se odiavam e passavam a vida tentando acreditar no que fingiam ser. Quando tudo ficava intenso demais, como se pudesse encolher até a inexistência, abraçava-se, as unhas vermelhas quase rompendo a barreira da pele. Quase. Não era prudente ter marcas no corpo.

Saiu com aquele homem. Fingiu tanto quanto sabia. Aquelas mãos em sua pele, agradável. Reproduziu gestos, sons, deleites, como a maionese, pensou e quis rir da falta de graça de tudo. Ele parecia satisfeito. Não. Aliviado. Ela sabia que sua presença ali era indiferente. Assim como ele era apenas mais um em sua vida, ela também não passava disso. Melhor.

Sonolenta, repetindo tédios de todos os dias, lembrava-se de como ele a olhara, muito mais do que os outros. E a vergonha e o desconforto voltaram como se ele a olhasse de novo naquele momento. Sentiu-se suja mais uma vez, odiava-se por ousar fazer com aquele corpo tudo o que quisesse. Aquele corpo tão errado. Queria vomitar, foi ao banheiro, segurando seu estilete. Sozinha enfim, abriu as pernas, acariciando as coxas com a lâmina. Toques cada vez mais lentos, cada vez mais íntimos. Quando o sangue escorreu pela terceira vez, sentiu-se completa. Finalmente a dor de fora equiparava-se à de dentro. O melhor, aparências mantidas.

Sem título

Ela abre os olhos e não quer se levantar. Desperta há muito tempo, resiste. Os barulhos da casa a incomodam. O coração parece brigar por espaço e o mundo lá fora não a deixa ouvir o som de sua revolta. Se pudesse, ficaria imóvel, mas não pode. Não pode se mexer, nem ficar parada. Vou levantar. Vou levantar. Vou levantar. Um mantra. Com muito esforço toma banho. Apenas molha os cabelos, não se lembra do xampu. Pega a primeira peça na pilha de roupas para lavar. Não faz diferença. Não penteia os cabelos. Na saída, engole uma barra de chocolate, sem sentir o gosto. O remédio. Nunca se esquece do remédio que parece não fazer mais efeito.

No carro, troca constantemente de música sem ouvir nem uma. Está atrasada, mas não se apressa. Anda devagar, para mesmo quando o sinal está verde. Não se incomoda com buzinas. Liga o computador após cinco minutos de olhares para o nada. Suspira. Devolve os bom dias dos outros com uma careta, fruto de muito esforço.

O telefone toca. As pessoas falam. Ela tenta fingir que escuta. Fingir que se importa, para quê? Já virou motivo de piada no escritório, passa muito tempo no banheiro. Chegaram até a apostar o motivo de suas demoras. Bulimia, ninfomania, disenteria. Antes fosse, aquele é apenas mais um refúgio improvisado. Ineficiente, é também ineficiente.

A visão do homem que não a quis é só isso. Na hora do almoço, conta os minutos dentro do carro, querendo que tudo passe de uma vez. No retorno não enxuga as lágrimas, há tempo sabe que não é preciso, ninguém quer notar.

A tarde é longa. Não importa, seu final não traz novidades. Pensa nos amigos que não quis fazer. Nas viagens que não quis sonhar. Nos amores que não teve. Os livros que não leu. Os filmes. Nem o tão desejado cachorro pôde tornar real. Não seria uma boa companheira.

O trânsito na volta quase a enerva. As pessoas ao lado a incomodam. Não pode fugir dos olhares. À sua volta, buzinas, palavrões, gestos obscenos. Tanta energia, tão pouca graça. Na garagem pensa que já viveu esse dia em todos os outros. Quantos mais terá que suportar?

Usa as mãos na casa escura. Leva mais de uma hora para tirar os sapatos. Silêncio, a ânsia a faz chorar. Ela busca algo que não mais existe. Os sons do programa humorístico atravessam a parede e se instalam em seus ouvidos. Range os dentes e se sente tremer, mas sentir é exaustivo e logo desiste. A inércia é conhecida. Deita-se com as costas viradas para a janela. Fecha os olhos e luta para mantê-los assim. Inquieta, sonha com o dia em que algo faça aquilo que não tem coragem de fazer e ela não precise mais abrir os olhos.

Amor

José não era como as outras crianças. Marília sempre soubera. Desde o primeiro dia.

O filho que sempre quisera havia causado decepção. Ela, que sempre havia se considerado uma pessoa resistente e paciente, era rápida em julgar aqueles que devolviam os filhos adotados. As desculpas eram das mais variadas. Ele não sente por mim o amor que eu sinto por ele. Ele é agressivo. Ele não me abraça. A gente simplesmente não se conectou.

Ela via o absurdo dessas declarações e sabia que era diferente, capaz de um amor lento e cultivado.

As pessoas sonhavam com vidas fáceis em que o amor nasce imediata e naturalmente, mas Marília sabia que relações sólidas precisam ser construídas.

Foi difícil perceber que tinha uma criança que não era como as outras. Que não sorria, que não apertava seu dedo com a mãozinha minúscula.

No início tinha certeza de que o conquistaria, que mesmo que ele fosse diferente, saberia domá-lo e fazer com que ele visse que só nela havia a moradia que seu coração oferecia.

Não aconteceu. Demorou muito para que ele deixasse de tremer de medo quando ela se aproximava.

Quando iam ao parque, as pessoas chegavam perto do bebê e logo eram repelidas pelo olhar de José, que parecia dizer que sabia que elas eram más.

Marília sentia um misto de raiva e decepção. Aquele filho estampava seu fracasso. Amostra para o mundo.

Ela percebeu por inércia e vergonha. Não havia mais nada a fazer a não ser continuar. Resolveu considerar uma vitória quando José apertou seus dedos por alguns segundos, pouco antes de se encolher aterrorizado por seu olhar.

Como uma sobrevivente, Marília vestia sua derrota como se fosse vitória e acreditava que era especial porque seu filho tão avesso ao mundo, às vezes lhe sorria.

Quando a primeira pústula apareceu, ela entrou em contato com a pediatra, que receitou uma pomada com pequena quantidade de antibiótico.

José esperneava, chorava, deixava de sorrir. E Marília se angustiava com o filho que lhe fugia a cada aplicação. Não era uma criança normal, não sorria, não entendia e não melhorava.

A cabeça já quase sem cabelo, cheia de feridas abertas, pus e inchaços. Os médicos que não descobriam a origem do problema e a olhavam como se fosse uma mãe relapsa, como se fosse sua culpa ter aquela criança que nunca sorri, que não tem coragem de olhar a mãe nos olhos.

Às vezes sentia como se não fosse mais aguentar, só queria que tudo acabasse. Imaginava o filho morrendo de repente, toda sua dor, seu sofrimento, mas pelo menos seria um fim.

Achava a dor da morte algo claro, delimitado, não aquela angústia sem tamanho que vivia desde o nascimento da criança.

Sentada no banco do parque, com o filho ao lado, pensava todas essas coisas em meio à sensação insuportável de incompetência.

Nunca deveria ter tido filhos. A doença da criança, quem sabe sua morte, era prova de sua completa inaptidão.

Vivia contando a todos seus inúmeros cuidados de mãe. Todos sabiam de sua preocupação e amor pelo menino. Se ele morresse, se se perdesse, será que a culpariam?

Sua luta incessante para que o filho participasse do mundo, para que se livrasse da doença odiosa e desconhecida.

Talvez a culpassem, sabia como as pessoas tinham facilidade de julgar. Mas, se ele morresse, se ele sumisse, pelo menos tudo estaria acabado.

Levantou-se. Foi para casa. Pegou a caixa de remédios.

Sem fazer contato visual, José a observava com o canto do olho.

Liberdade

Era uma daquelas fases de viver solta. Solta não como o solto dos outros. Solta como o seu solto de sempre. Solta com raiz, com horário, com patrão. Solta presa no carro quatro horas todo dia. Solta vendo todo aquele torto e não podendo desentortar. Solta com olhos que procuram o erro, o feio e o ignorante.

Intolerante! Intolerante com a miséria que não quis conhecer. Mas solta. Solta com amarras novas que pode tentar conhecer. Novo lugar para aprender que pode ser rasgada. Sempre e sempre.

Solta das amarras antigas, mas ainda presa delas. Como uma perna que dói porque foi amputada e já cicatrizou.

Solta daquele homem-espelho que sempre enxergou sem ver. Solta por causa da falta de imagem ou do viver apenas dela que não dói mais.

E presa, presa porque essa amarra se desfez o vazio que sempre a chama.

E presa porque dói se soltar e não ter amarras que são outras amarras. E presa de olhar que seu passado já não sente mais e nunca existiu. E as amarras doem por não sentir mais. E um vazio deixado que ela nunca quis deixar e sempre preencheu com dor.

E as amarras novas, ainda muito novas, a deixando solta. Sem doer, e ela sem saber o que é viver sem dor. Sem rasgar, e ela sem saber o que fazer sem dor. Sem soltar, e ela sem saber o que ser sem dor.

E ela que sempre sabe, sabendo. O tempo é curto, e as amarras vão ficar e prender e rasgar. E ela sabendo que nesse solto preso que ainda não prendeu, ela precisa respirar. Respirar e ser o ar porque depois acaba. Logo, acaba. E ela de novo amarrada com um novo diferente. Amarrada e encolhida querendo sempre ser sol.

Querendo ser sol e procurando um espelho para a deixar invisível e ela poder viver.

Covarde. Covarde como sempre foi. Querendo ser sol e querendo ser sombra. Sempre sumindo com medo de sumir.

E ela vendo as pernas abertas e os sapatos apertados. E a fumaça que não é fogo. E os olhos nela, os olhos das pernas e dos sapatos altos a vendo. Diferente. Laranja de sol. E rindo. Os olhos rindo. E ela brava, muito brava. E com medo, muito medo. E feliz, querendo mostrar a língua e depois o dedo e o corpo e a alma. E gargalhar. E cuspir porque o cabelo grisalho e as pernas abertas em frente aos sapatos altos não sabem. Eles não sabem.

E ela quer, laranja como o sol. Quer que o solto seu e o solto dos outros seja mesmo sem amarras. Quer que as empregadas frequentem aeroportos e que todo mundo vá para Paris. E que mandem seus patrões tomarem no cu.

E que os homens saibam ser e ver espelhos. E eles riem e ela chora. Porque veio quebrada e louca, mas não o suficiente para não enxergar os normais. E ela enxerga e sempre verá amarras suas soltas e as dos outros, presas. E não saberá dizer e não saberá viver. E morrerá laranja como o sol, na sombra como a sombra.

Recusa

Laura estava cansada de sentir pena de si.

Perdera o contato com sua dor, agora restava apenas certo incômodo, o frio na espinha, a vergonha de conhecer o mundo com olhos muito míopes, em um espelho embaçado de formas distorcidas. Tudo isso, é claro, ficava bem lá no fundo, atrás dos problemas do trabalho, das contas para pagar, da casa sempre suja, da pouca vontade de levantar da cama, da falta de dinheiro e de todas as coisas que ela fazia ou pensava errado e que as pessoas, às vezes delicada, às vezes agressivamente, gostavam de apontar. Talvez ela implorasse por esse tipo de interação, talvez o suscitasse. Era apenas uma, dentre tantas coisas que não sabia.

Laura estava cansada e se perguntava se todo o seu cansaço era autoinfligido para fugir da dor. Observava as pessoas à sua volta. Cheias de raiva e de tédio, dedicando-se a coisas tão sem importância e imaginava de que estariam fugindo. Depois pensava que talvez estivesse sendo injusta, que nem todas as pessoas eram outras-Lauras-em-fuga, que talvez algumas delas realmente amassem tirar fotos de si em frente a espelhos de banheiro, amassem almoços de famílias, amassem, enfim, seus empregos e permanecessem no escritório mais de 12 horas verificando faturas, preenchendo notas fiscais e reservando hotéis para viagens de outros porque todas essas tarefas que a Laura pareciam tão banais preenchessem sua vida e as fizessem feliz.

Não Laura. Laura, que não sabia se era obrigada ou se obrigava-se a ficar até tarde trabalhando, sabia com todas as suas forças que nem tudo é uma escolha. Tinha tantas opiniões para alguém tão em dúvida sobre si mesma. Odiava textos sobre a incrível história do homem que deixou seu emprego para vender brigadeiro ou, o muitas vezes usado, conheça o casal que largou tudo para viajar pelo mundo.

Ela sabia sobre quem esses textos discorriam. A geração que se recusava a ser moldada pelo trabalho tradicional tinha classe definida, tinha certeza, e servia a um propósito muito específico, desconfiava.

Não eram parte da grande massa que deveria agradecer por ter um emprego e a qual não cabia certas coisas, certos merecimentos. Gente diferente daqueles outros ali.

Laura fazia parte do entremeio, não podia abandonar tudo para perseguir o sonho – não que o sonhasse – de vender café orgânico na Vila Madalena, mas também não enfrentava o medo cotidiano da fome e da miséria que acompanhava a vida de muitos e estivera sempre presente em seus pensamentos de criança. Um medo do qual sua mãe não se libertara, mas menos presente em sua avó.

A mãe de Laura herdara a preocupação de seu pai. O avô de Laura, pai de sua mãe, vivia na roça e, como muitos, viera para a cidade em busca de uma vida melhor.

Não a encontrou. E Laura o seguiu.

Este livro foi composto em Fairfield LT STD no
papel Pólen Soft para a Editora Moinhos enquanto
o frio chegava e *Cryin'*, de Aerosmith, tocava.

*

Em todo o Brasil, apenas 16% da população
estava com a vacinação completa.